FILI
FINNISH
LITERATURE
EXCHANGE

本书由芬兰文学交流中心提供翻译资助

托芙·扬松（1914 年 8 月 9 日—2001 年 6 月 27 日），生于芬兰首都赫尔辛基，作家、画家、插画家，素有“世界著名奇幻文学大师”之称。她最著名的作品是“姆咪（Moomin）”系列。

扬松的父亲是一位雕塑家，母亲是一位画家。在芬兰，她的家庭属于外来的、说瑞典语的少数民族。在艺术家庭的熏陶下，她很早就表现出绘画方面的天赋：13 岁时杂志刊载她的诗文及插画，15 岁时为《Gram》杂志画讽刺画，那时，姆咪首次露脸。她亦曾在芬兰、瑞典及法国学习油画，并于 1939 年开始写作。1966 年，扬松获得国际安徒生奖，这是世界儿童文学的最高奖项，素有“小诺贝尔奖”之称。

Tove Jansson

扬松是一位天才的艺术大师，她的童话杰作“姆咪”系列已广为中国读者喜爱。这套百年纪念文集首度引进中国，是大好事，这些故事闪耀着哲学与智慧的光芒，不同年龄的读者，会重新发现这位大师的魅力，更加喜欢她。

——任溶溶

世界奇幻文学大师

托芙·扬松百年纪念文集

Fair Play

公平竞争

［芬兰］托芙·扬松 著

沈赟璐 译

ZHEJIANG UNIVERSITY PRESS

浙江大学出版社

图书在版编目（CIP）数据

公平竞争 /（芬）托芙·扬松著；沈赟璐 译 .—杭州：浙江大学出版社，2016.11
（世界奇幻文学大师．托芙·扬松百年纪念文集）
书名原文：Rent Spel
ISBN 978-7-308-16332-3

Ⅰ．①公… Ⅱ．①扬… ②沈… Ⅲ．①长篇小说—芬兰—现代 Ⅳ．① I531.45

中国版本图书馆 CIP 数据核字（2016）第 251221 号

公平竞争（世界奇幻文学大师托芙·扬松百年纪念文集）
[芬兰] 托芙·扬松 著 沈赟璐 译

选题策划 平 静
特约策划 上海采芹人文化 陈 洁 王慧敏
责任编辑 平 静
文字编辑 赵 坤
特约编辑 夏永为 陈嫔嫔 陈 洁 黄 琰
责任校对 安 婉
封面设计 李 旖
出版发行 浙江大学出版社
（杭州市天目山路 148 号 邮政编码 310007）
（网址：http://www.zjupress.com）
排　　版 采芹人 插画·装帧 http://blog.sina.com.cn/cqr2666 胡 桃 王 佳
印　　刷 杭州杭新印务有限公司
开　　本 880mm × 1230mm 1/32
印　　张 4.75
字　　数 80 千
版 印 次 2016 年 11 月第 1 版 2016 年 11 月第 1 次印刷
书　　号 ISBN 78-7-308-16332-3
定　　价 26.00 元

浙江大学出版社发行中心联系方式：88925591；http://zjdxcbs.tmall.com

目 录

新的布置

尤娜有一个幸福的特质，她每天早晨醒来的时候，都仿佛是要迎接一段新的生活。新生活引领着她，勇往直前地冲向夜晚。它洁净、不可捉摸，没有往日的忧愁与过失。

她还有另外一个特质，更确切地说是一种能力，这能力同之前的那个特质一样令人惊奇。她时刻会萌生一大堆令人意想不到的点子，这些主意全是不由自主冒出来的。她会让这些点子存活一段时间，在这期间奋力实现它们。但要是她突然有了新的灵感和冲动，那旧点子就得闪一边去，把至高无上的位置让给新点子。就像现在，她的点子是要给画镶上边框。几个月前，尤娜决定要给挂在玛丽房里的一些油画镶框，这些画都出自她们同行之笔。她做了一些很漂亮的边框，可是就在要悬挂的当口，尤娜有了新主意，这些画只好东一处西一处地躺在地板上。

“暂时先不动这些边框了，”尤娜说道，“你搜集的这些东西要全部重新调整一下位置，从最上面这个到最底下这个全都要调整。原来的格局保守得无可救药。”

玛丽什么话都没说，等着尤娜继续发话。事实上，这种半途而废的感觉挺不错，有点像刚刚搬进这个屋，还没来得及去认真整理的味道。

过了那么些年，她已经学会不去干涉尤娜的想法，尤娜的想法里混合着完美主义和冷漠的元素，这可不是任何人都能欣赏得来的。总有那么一些人，他们的兴趣和爱好，无论大小，都是绝不能受人干涉。你的一次提醒就会让他们的热情在顷刻间化为厌恶，一切便都跟着毁了。

尤娜就是这样，她会沉浸在与世隔绝的神圣气氛中，不受任何打扰地投身到工作里；她用各种各样的材料铸模，玩耍，玩一场会肆意变化的游戏，而将其余活动一律排挤在外。尤娜时常会冒出一股动手的冲动。她自己，还有那些完全没动手能力的朋友，家里面只要有东西坏了，都要拿来修一修——目的是要修好它们，或者是把它们弄得更美观一些，再或者，简单地把它们丢了就好，这对大家来说都是一种解脱。有段时间，她除了看书其他什么都不做，日日夜夜地看；有段时间，则是光听音乐。每个时间段都需要花一两天来给它下定义。在那一两天里，尤娜情绪极度不安，生活百无聊赖，似乎是在寻找新的方向。一直都是这个模式，没有别的法子可破。无法想象她会听取任何建议去度过那些空空荡荡的日子。

有一回，玛丽碰巧注意到了这个现象，她说："你只做你喜欢做的事情。"

"那当然了，"尤娜回道，"我当然只做我喜欢做的。"说完她带着一丝诧异的表情对玛丽微微笑了笑。

终于到十一月的这天了，玛丽画室里的所有东西，都要在这一天重新悬挂，并且是要挂到新位置上。它们即将重获新生，呈现出全新的意义来，包括绘画、油画、照片、孩子们画的素描，以及被虔诚地钉在墙上的、各式各样珍贵的小玩意儿。随着岁月的流逝，这些东西慢慢失去了所有的记忆与内涵。玛丽已经把榔头、钉子、挂画的钩子、铁丝、水平仪，还有一些别的工具都集合在了一起。尤娜只带来一把卷尺。

她说：“我们从荣誉墙开始吧。挂的话，自然还是严格按照对称的样式来。只是这样一来，外婆和外公就离得太远了。而且下雨天的时候，雨水会从烟囱管里滑到外公的照片上。你妈妈画的那幅小型淡水彩画挂的位置不对，要再高一点。那面好看的镜子有点怪怪的，它不属于这儿，这面墙肯定要布置得简朴一些。这把剑虽然看上去有些可怜兮兮，但还过得去。这边要量一下长度——刻度差不多在七这里，或者就算六点五吧。你把钻子递给我。”

玛丽一边把钻子给她，一边目睹着这面墙重获平衡的过程。墙已经摆脱了传统的痕迹，取而代之的是近乎滑稽的意味。

“现在，”尤娜说，“这些你不在意的小奇珍异宝们，我们要把它们挪走，让墙壁空出来。我要把这面墙改造成一面陈列墙，上面用不着放那么多装饰品。至于这些东西，你随便塞到哪个贝壳箱子里好了，或者寄到什么儿童博物馆也行。”

玛丽飞快地想了一下，她到底是该生气，还是该觉得轻松呢。她有点犹豫不决，开不了口。尤娜继续忙活着，她把所有的画都搬了下来，接着又把它们重新挂了上去。榔头一记记的敲打声像是开创了一个新纪元。“我知道，”她说，“拒绝不是一件简单的事。拒绝接受别人的评论，拒绝接受整页整页、不切实际的长篇大论，一旦你真的做到了，你会有种舒畅感。这和拒绝承认一幅画的价值，拒绝承认画有悬挂在墙上的权利，是没有区别的。再说了，这里大部分的画都已经挂得够久了，久得你都再也注意不到了。就算是最好的作品，你也注意不到了。它们彼此之间还会打架，因为它们都挂错了位置。瞧，这边是我的作品，那边是你画的素描，它们两个就有冲突。我和你之间必须要保持距离，这点绝对不能漏了。就像不同的时间段，它们也必须要用距离来隔开——除非你是故意把它们挤在一块儿，制造出震惊的效果！你自己体会体会，挺简单的……当别人往这布满图画的墙上一瞥，心里应该有一种惊喜的感觉，咱们可不能让他们太好受了。我们要让他们在看这些画的时候屏住呼吸，让他们看了还想看，忍不住地想；看完了还要反复思考，甚至发疯，甚至……我们现在要把同行们的作品摆在光线亮一点的地方。你干吗单单在这块地方留那么大空间啊？”

“我不知道。”玛丽说道。可其实她知道。这一刹那，她非常清楚，虽然同行们的这些作品画得很美，美得无可争议，但在内心深处她并不喜欢那些人。玛丽开始集中起注意力来。她注视着尤娜挂画的样子，心里慢慢觉得，有好多东西，包括她们俩的生活，都因此而被摆到了正确的位置上。距离感和归类法把她们的生活好好做了一番总结，让一切变得有条不紊起来。整个房间也彻底焕然一新。

等尤娜拿着卷尺走回自己的房间后，玛丽整晚都在惊叹：在最后想通这些无比简单的事情，是多么轻松。

录像狂热症

她们住在一套大公寓的两端，公寓靠码头挺近。在她们俩的画室中间，是一个带着高高过道的阁楼，阁楼的两边都有木板门锁着。阁楼里没有人情味，也没有男人进出。玛丽喜欢在阁楼里走来走去，瞎逛逛。它同时是一片必不可少的中立区，正好将她俩的地盘划分开来。她会在闲逛的半路上停下来，听一听雨水落在金属屋顶上的声音，看一看城里头万家灯火亮起来的模样，或者纯粹是好玩罢了。

她们从来不会向彼此询问"你今天能开工吗"这样的问题。

也许，在二十或者三十年前，她们曾经提过，但渐渐地，她们已经学会不再这么去问。留一些空间给彼此是必须的，而这些空间常常是一段很长的时间，一段没法一起看图，或是找不到话聊、需要一个人待着的时间。

玛丽进门的时候，尤娜正趴在梯子上，她要在前厅钉一些架子用。玛丽知道，每当尤娜开始做新的架子时，这就意味着，她快要进入工作的状态了。有了架子，前厅自然就会变得极其狭窄、拥挤，但这无关紧要。上一次她给卧室安了一些架子，结果冒出来一系列超棒的木刻画。她经过浴室的时候朝里头扫了一眼，发现尤娜还没把打印纸浸泡到水里，目前为止还没。尤娜总是先要把她忽略的一些旧作拿出来，把它们重新打印一遍之后，才能定下心来开始工作。旧的作品被放到了一边，新的主意才能在脑海中浮现出来。归根结底，创意存在的时间是很短暂的。脑中所想到的图像，可以在刹那间毫无征兆地消失，要不就是受某股力量的干涉，被赶出记忆。换言之，捕获画面的脆弱欲望，是被某个人或者某样东西，给无可挽回地斩断了的。

玛丽走回到前厅，对尤娜说她买了牛奶、家用纸巾、两块牛排，还有一把指甲刷，最后还附了一句，“外面下雨了。”

"不错。"尤娜说道。但其实她没在听。"你能不能帮我抓一下另外那头？谢谢。我这是要做一个专门放录像带的新架子。只放录像带和磁带，其他什么都不放。今晚电视里要播放法斯宾德的电影，这事我和你提过没？你说，我要不要把这个架子延伸到门口？"

"可以，就这么干吧。他那电影是什么时候啊？"

"九点二十分吧。"

到了八点钟左右，她们忽然想起来阿尔玛的邀请一事。尤娜给她拨了个电话。"实在抱歉这么晚才给你回电话，"她说道，"不过你应该知道的，今晚要放法斯宾德的电影。还是最后一次。你说什么？不行不行，这么做行不通。录像的时候我们肯定得守在家里，那些广告总要剪掉的。是啊，不能来确实好可惜。但你知道我有多厌恶广告那东西，它们会把整部电影都给毁了的。代我向所有人问好啊。我们会再见的……是啊，一定会的。玩得愉快。拜拜。"

"她有没有生气？"玛丽问道。

"哎，就那么回事。她明显对法斯宾德一点概念都没有。"

"我们要不把电话线插头给拔了？"

"你想拔就拔好了。反正也不太会有人打电话进来。他们都吃过教训了。就算有人打进来，我们也没必要去接。”

春天的夜晚因为等待变得很漫长，要把房间里的光线调暗的话有些困难。她们坐在各自的椅子上，等待法斯宾德作品的开场，她们的沉默是一种充满敬意的准备仪式。她们曾经用这种方式，准备了她们和特吕弗、伯格曼、维斯康蒂、让·雷诺阿、怀尔德，以及其他各种名家大师们的会面，这些大师都是尤娜精挑细选、崇拜至极的——这算是她能送给朋友们最好的一份礼物了。随着时间的推移，这些录像带之夜，已经在尤娜和玛丽的生活中占据了很重要的位置。放映结束后，她们会热切地聊一聊刚才看的电影，而且讨论得非常细致。尤娜负责把录像带放到录像带盒里，盒子都是事先用文字和图片装饰好了的，这些文字和图片是她借用电影图书馆里的材料复印而成的，这可是她搜集了一辈子的成果。带子被安放在专门的架子上，录像带盒子的表面采用了金色和较柔和的色彩，搭配起来很诱人。录像带一盒一盒挨在一起，盒子背面还画有一面面小旗子，每面旗子代表了电影的制作地点。尤娜和玛丽很少会把看过的电影再看第二遍，因为新的电影总是一波接一波地涌进她们的生活，需要她们去收留。很早以前，房子里所有的架子就已经被摆满了，所以跑前厅去造新架子也实在是没办法的事。

尤娜打心坎儿里渴望能看一次黑白的无声电影，首要选择的自然是卓别林的电影。她还非常有耐心地教玛丽如何去鉴赏那些经典电影。她给玛丽讲述了她曾经在海外的留学经历、在电影俱乐部的经历，还给玛丽描述了她看到经典影片时，那种狂喜的心情，她有时候一天能看好几部。

“你是知道的，我一看到那种片子人就像着了魔似的，高兴得不得了。要是让我现在再看一遍那种片子，那种拍摄方式非常笨拙、技术又非常粗糙，且除此之外一无是处的经典片，那感觉就好像又回到了年轻的时候。”

“可你本来就没有长大过啊。”玛丽一副天真模样地说道。

“你别打趣我。那说的都是真实的事情，我说那些老电影。拍这些电影的人个个都是不遗余力地在挑战自己的极限。那都是充满希望的电影，年轻又勇敢。”

尤娜还搜集了一些被她称为“纯电影”的片子——西部片、罗宾汉系列片、狂野的海盗爱情片，还有其他很多以正义、勇气，以及骑士精神为主题的简单影片。这些片子和当代一些天才大师导演的片子放在了一块儿，也在录像带架上捍卫着自己的领地。不同的是，它们的录像带壳是蓝色的。

尤娜和玛丽坐在各自的椅子上，在那暗沉沉的房间里，等待着法斯宾德的到来。

“我每天躺床上睡着之前，”玛丽说道，“脑子里想的，都是你给我看过的电影，反倒不是平日里的各种烦心事，我是说那些我不得不做，或者我已经做过的蠢事。仿佛是你的电影把我从压力中解放了出来。我当然还是我，但我不需要再背这么多包袱了。”

“你入睡还真挺快的，反正二十分钟，要不十分钟，就踏踏实实地睡着了。这段时间里毫无烦恼也不错。你现在可以过去把录像键给按了。”

小红灯亮了。法斯宾德把他精心制作的狂暴之片，游刃有余地呈现在她们面前。影片结束的时候，天已经很晚了。尤娜关掉录像键，再把录好的片子放到盒子里，然后放在了贴有“法斯宾德”标签的架子上。

“玛丽，”她说，“我们没去和朋友见面，你是不是不开心啊？”

“没有，反正现在没有。”

“那就好。我想说的是，就算见了他们又怎么样呢？还不是老样子，和平常完全没两样。他们讨论的东西根本就无关紧要，一点意义也没有。和他们在一起，就别指望能想出来什么构图还有思路了，也别想什么主题了。我讲得对不对？就连对方要说些什么，我们都能大概猜到。我们对彼此都太知根知底了。但我们要是选择待在这里，选择看电影的话，那我们谈的东西可就不同凡响了，一字一句都不是随口说说的。我们做的所有事，都是经过深思熟虑的。”

“话是这么说没错，”玛丽说道，“但那边的人也会时不时冒出一些惊人之语，那些话很不搭调却能引起你的注意，让你立马就正襟危坐起来。你是知道的，就那种很荒谬的话。”

“我是知道。可你别搞错了，这种荒诞离奇的东西，也正是电影大师所精通的。你说的那种所谓不搭调的东西，大师们通常会有意识地运用它们，去搭建电影里的一个关键部分。你明白我的意思吗？诡诈离奇但又不会无头无脑，他们非常清楚自己在拍些什么。”

“他们能这么做是因为他们有的是时间，”玛丽插道，“我们又没这么多时间来思考，纯粹过过日子罢了！电影制作人当然可以拍出你所谓诡诈离奇的东西来，但这些不都是事先录好的嘛。我们可是真正活在当下的人。也许我没仔细想过这个问题……尤娜，你的这些电影的确很了不起，很完美。

但真要全身心投入到影片中，你不觉得很危险吗？”

“你说危险，此话怎讲？”

“你不觉得它把其他事情都缩小化了吗？”

“不会。真正的好电影不会缩小任何东西，也不会隔绝任何东西。恰恰相反，它会为你打开新的视野，激发你的思维。它会帮我们改掉这种吊儿郎当的生活方式，改掉聊天时心不在焉的习惯，它会阻止我们把时间、精力和热情浪费在错误的地方。相信我，电影可以教我们的东西绝对很多，而且是前所未有的多。它给我们展示的，是生活的真实面貌。”

玛丽大笑了起来：“你说我们生活吊儿郎当？你的言下之意是，电影可以教我们，用更智慧、更优雅的方式去浪费我们的生命是吗？”

“你别说傻话了，你其实心里明白得很……”

玛丽打断道：“假如电影是一位能带给人启迪的神，你努力照着它的指示去生活，可每一次的努力都只会让你捉襟见肘，这么做，难道不算危险吗？你难道不觉得，其实你做的每件事都被严重误导了吗？”

电话铃响了，尤娜走过去接了起来。她听了很久的电话，然后她说：“稍等一下，我把他的电话号码找给你。冷静一点，一眨眼的工夫就好。”玛丽听见她最后是这样结束对话的:“如果有了消息，再打过来好了。拜拜。”

“发生什么事了？”玛丽问道。

“还是阿尔玛打来的电话。她的那只猫从窗台跳了出去，想抓一只鸽子来着。”

“你不会是开玩笑吧？她们家的那只摩西？我不明白，你干吗对她那么冷淡……”

“我把兽医的电话给她了，”尤娜说道，“出了这种事，口气就该冷淡一些，就事论事就行了。你刚才说我被严重误导了对吧。”

“我现在不想再讨论下去了！”玛丽没耐性地叫了出来，“她们家的那只摩西……尤娜，我想睡觉去了。”

“别，”尤娜说道，“我们还得等等，她可能还会再打过来的。她需要有人安慰安慰。这下换你去接，你陪她说会儿话。这类事我们俩公平分担，你懂的。”说完她把银布罩在电视机的屏幕上，既防灰又遮光。接着，她点上了这天的最后一支烟。

猎　人

孤岩的形状像一座环礁，环礁就是环绕着潟湖或是潮汐池的花岗岩。湖必须得浅浅的，还要有一条狭窄的入海通道。在水浅的地方，潟湖会变成一个普通的湖。以前海豹们常在那儿玩耍,除非它们被射杀了,或者是迁徙到了更安静的地方。现在那地方被母绒鸭用来当它们的育儿房。她们的小屋坐落在潟湖的一侧，另一侧是海鸟的地盘。海鸟粪洒在花岗岩上，像是布满了雪样的条纹。正在筑巢的海鸥还有燕鸥，以及岩缝上一条条的雏菊花带，也像雪一样白。

岩石坡的最上头有两只黑背鸥栖息在那儿，黑背鸥个子很大，翅膀上的羽毛是黑色的，喙就跟猛禽类的一样。它们和这块聚居地的其余部分格格不入，似乎是为了显示出一股优越、轻蔑的姿态来。它们中时不时会有一只向山下俯冲，狼吞虎咽地吃下一只雏绒鸭，仿佛当成消遣一般。每次都会有成百上千只鸟扑腾着往上飞，然后一只接一只陡然落下向黑背鸥身上扑，但却从来不会真的靠黑背鸥太近。而这座岛屿的领主，只是朝它们心不在焉地呵斥一下，随即就返回到自己的领土去了。它像块石头一样，一动不动地站在环礁的最高点上，看上去尊贵挺拔。

尤娜喜欢雏绒鸭，尤其喜欢在村舍附近溜达完，还坚决要跟着她走的小鸭子。到最后，她会把这只小鸭子塞进篮子里，然后划船把它送到离黑背鸥很远的地方去。她得划一个多小时的船，才能找到一群里像是小鸭子亲人的家伙。她说："早晚有一天我要把这些黑背鸥都给杀了。那帮白痴一样的鸟儿在这里叽叽喳喳，根本没法让人安心工作。"

有天早晨，尤娜在岩石坡上给她的手枪上膛，她穿过潟湖，对准黑背鸥呆呆的剪影放了一枪。其实她没怎么细想，到底是要吓唬吓唬它，还是真想射中它。但不论如何，那只鸟从山顶拍着翅膀坠落了下来。尤娜以前总爱用罐头练枪，所以玛丽虽然没目睹那过程，但这声音她可是熟悉得不得了。可能尤娜过去就是想了结那只鸟的。虽然她内心非常难受，但她又忍不住为自己的枪法感到自豪。要知道，穿过潟湖至少得一百米的距离。不过黑背鸥的尸体却没有找到。

两天以后，玛丽一路小跑到岩石坡来。"尤娜，"她大叫道，"这只雏绒鸭飞不动也走不了了，它都不知道该到哪里去！"

当她们来到海边的时候，那儿一只鸟都没了，黑背鸥也不见了。

那个阴沉的早晨终于还是来了，玛丽在岩石坡上发现了那只黑背鸥的尸体，它周围爬满了蛆虫。

"不出所料，"尤娜说道，"这鸟果然还是让你找到了。哎，好啦，是我不好，是我把它打死的。"随后又添了一句，"在一百米开外的地方开枪打死的。"

"我早就该料到了，"玛丽突然爆发了，"我就应该猜到这事！你把这里的大王给杀了。它固然可怕，但它是这座岛的一分子，是我们中间的一分子！你就是爱把弄枪！你根本就克制不住自己！好了，你现在可以取走它的羽毛了。拿走。去啊，去拿啊！你那个神圣的酸液池不就是需要这点东西吗，对吧？”

“我不是故意的，”尤娜想说点什么，但很快被玛丽打断了。现在玛丽的情绪非常冲动，她十分残忍地想着一件事——那只雏绒鸭什么时候飘回岸边。她想啊想，过了一会儿她走到鱼池那儿，抓起鲈鱼一顿屠宰，她需要发泄。她其实很讨厌杀鱼这份差事，总是习惯留给尤娜来做。

尤娜把长长的羽毛从翅膀上拔下来，把它们洗好、晾干，然后把它们收到工作抽屉的最里头。这一整天，她都在等待玛丽对这件事情的后续反应，这是难免的。等到她们把渔网撒出去的时候，玛丽终于开口了，她开始讲述起猎人的事情。她曾经在什么地方读到过，说人基本可以被分成猎人、园丁和渔夫三种类型。“猎人，”她解释道，“自然是最受尊敬的那一类。他们通常被视为勇敢又带点危险的人。你知道，他们总会做 些高风险的事情，性格冷酷无情，别人不敢做的他们都敢。我说得对不对？”

尤娜一边继续给渔网打桩，一边悠悠地发表评论：“人嘛肯定各式各样都有，但大部分人都是那三种的混合型，世界上大概有百分之九十五的人都是如此。”

“没错，你说得当然没错。但确实是有一部分人属于典型的猎人一族。这些人天生就是那样子。”

“说起海鸥，”尤娜说道，“你还记得曾经的那只海鸥吗？它一边的翅膀断了，每天都在台阶上爬来爬去。尽管它什么都吃不下，你还是努力安抚它，给它喂食，我觉得那时候的你，就是在扮演园丁的角色。后面怎么来着，我用捕鱼的矛往它头里一刺，那时候你碰巧在忙别的事情，剩下的部分我拿榔头一敲，迅速搞定。我敢肯定它身体里都是蠕虫。已经彻底坏了的东西是修不好的。这样一来，你也轻松很多。你当时还说挺崇拜我的呢。”

“是，是，”玛丽承认道，“但这完全是另一码事，你这是专挑能证明你观点的例子来说。”

“有些情况，”尤娜没去听玛丽的话，继续说道，“有些情况，你要解决事情，只能冷酷无情一点，善意的冷酷。印象里，有一回这里来了群白痴，他们坐着那种可怕的塑料船上了岸，船是紫色的。没等捕猎季节开始，他们就想跑我们这儿撒野！虽说是喝醉了，但这算不上什么理由。你还记得这回事吗？”

“嗯，我记得。”

“那不就得了。我走到沙滩那儿，把我的态度跟他们挑明了。根本不管用。他们一边对我冷笑，一边拿着猎枪悠闲地往岛上走。”

“他们蛮可怕的。”玛丽表示赞同。

“确实。当时我就想，不如朝他们的船上射几个洞算了，这是唯一可行的办法了，对他们也很公平。算是给他们一个教训，不是吗？我往船的吃水线那儿射了好几个洞，嘭嘭嘭。”

“那他们后来是怎么回家的呢？”玛丽突然冒出来一句。

“他们得把水舀出去，才能开船的吧。搞不好他们随身带了抹布。”

尤娜和玛丽坐在那儿沉默了一阵子。

“奇怪，”玛丽说道，“你说的是去年的事情吗？”

“是啊，要不就是前年的。那艘船是紫色的。丁香花一样的淡紫色。”

“你确定那船上被射穿了好几个洞吗？会不会是你自己瞎想的？”

尤娜站起身来，她把晚饭用的碟子往床底下的盒子里乱塞一通。过了一会儿，她说：“大概是我瞎想的，不过我意思应该表达得很明确了。总得有人去扮演那个挑衅者的角色，这个意识你一定要有。没人敢蹚浑水的时候，总要有一个人起来还击。这么做也是为了保护……”

“哈！”玛丽大喊道，“你这是模糊重点，诱导我来支招儿，耍得还真不赖！不管你怎么狡辩，你就是觉得射击很有趣！你就承认吧！仲夏夜的那天，你把桑拿帐篷的烟囱管射成了蜂窝，从那以后，桑拿房里一直有烟冒进来。这件事情我提过一个字没？没。可我现在告诉你，我恨那把枪，这话我不说第二遍！”

玛丽拿起垃圾桶走了出去。

过了一段时间她又回来了。

“尤娜，那帮家伙又出现在这了。那艘紫色的塑料船。你能不能下山和他们聊聊？”

“他们胆子倒挺大，”尤娜说道，“不过他们也有可能是来道歉的。说不定还给我们带水来了呢，或许还带了木头。你等下，我下去看一眼。”

尤娜在草地上刚走了一段，玛丽从她后头奔了过来。“带上这个，”她说道，“指不定会发生什么事。”玛丽一边说一边把枪递给了尤娜。

猫　鱼

这个夏天已经走到了六月份。尤娜还是习惯性地从一扇窗慢慢走到另一扇，再敲敲气压计。她以为玛丽没看见这些小动作。她还会去外面溜达溜达，跑跑岩石坡，或者到海峡那儿散散步，走过去再走回来。回来以后她就开始嘟囔，嘟囔一件件她觉得没办好的事情。那些乱吼乱叫的海鸥，也成了她的抱怨对象。她说海鸥一交配准会把人给逼疯。就连当地的电台，她也有自己的看法，她觉得那电台里播放的都是世上最白痴的节目——比如那种介绍业余艺术家的节目，这些人无非就办了几场展览而已，弄得自己像有什么神赐的天赋一样。天气倒一直执拗地保持着良好状态。

玛丽一句话都没有说，而且，她又能说什么呢？

终于，尤娜开始忙碌起来了，她要找点事情做做，不能那么轻易就陷入工作的痛苦之中。她把工具磨得很漂亮，用它们做了些小木制品，样子都很精致。她做的一个比一个小，也一个比一个漂亮。为了找点刺柏的木头，她特地把车开到群岛的西面，接着又绕到海滩那儿，捡了一批漂流木回来。这些木头的样子非常奇怪，兴许能带给她一些灵感。她把搜集来的木头分成两堆，一堆是稍小的木头，一堆是稍大点的，然后又把它们对称地摆在木工台上。木头被海水冲刷得十分光洁，每一块都具有独特的吸引力，好帮她暂时远离画画的烦恼。

有一天尤娜坐在山坡上，正忙着给一个椭圆形的木盒子抛光，她大声地说："这块木头是非洲来的。"可惜她把名字给忘了。

"这个盒子会有盖子吗？"玛丽问道。

"那当然了。"

"你一直在捯饬这些木头？我是说，不是做木刻或是木版画什么的，就是在纯捯饬。”

尤娜把木盒子放到一边。“没错，”她重复了一遍玛丽的问题，“那东西捯饬出来可好看了。你就当我是在闹着玩好了。我准备就这么一直玩下去。你有什么意见吗？”

猫咪走到她们俩面前坐了下来，目不转睛地盯着她们看。

“鱼，”玛丽说道，“我们该收网了。”

“要是我就在这里玩，什么都不干，难道会出什么事不成？我就要玩到死！你们怎么说？”

猫咪发出了一声尖叫，叫声相当愤怒。

“你的抱负呢，”玛丽说道，“到哪里去了？”

“什么到哪里去了。我不打算要那抱负了。”

“那要是你反悔了呢？”

“不会反悔，我没那么多时间，你难道不明白吗？要出一个好作品，你必须得一门心思投很多时间进去。好作品需要你认真观察，不停地观察，就算绝望还是要观察。等画好了，还要再一遍一遍修，否则连屁都算不上。这么弄要耗上一辈子的时间，一辈子！再说我现在也没法看画。我说得不对吗？”

“对，”玛丽回答道，“你说得对。”

天空中乌云密布，空气也湿湿的。猫咪又叫了一声。

“鱼，”玛丽说道，“猫粮吃完了。”

“等到明天再收网也没事。”

“不行,万一起风了呢？渔网可能被海草缠住,勾在海底。这可是托儿斯蒂恩舅舅留给我们的最后一张渔网了。”

“好，好，”尤娜说道，“你那张托儿斯蒂恩舅舅神圣的渔网，是在他九十岁的时候编出来的。”

“是已经过了九十岁的时候。我们把渔网撒错位置了，估计靠岸边太近了，那底下全是石头。”

猫咪跟着她们来到海滩边。尤娜负责划船，玛丽坐在船尾负责收网。浮标已经漂到海峡后头去了，距离这里好远。风力也开始增强了。

“我们现在毫无进展，”尤娜说道，“你没瞧见吗，我们被困在这个死地方了。我说，你舅舅还有他那张神圣不可侵犯的渔网……”

“你安静点，这是他编的最后一张网了。再往外划一点，停停，拐弯！倒回去一点，往回掉头……我抓到了。”玛丽一把抓到绳子又握住了渔网的桩子。“我说的吧，这网在海底被勾住了。你逆风划一下……掉个头。别往前了！掉头！我真是不抱任何希望了。这是他做的最后一张网。”

“啊哈，”尤娜说道，“那太好了，太棒了，这网弄不上来了。弄上不来就是弄上不来，我这一个劲地绕圈子、掉头，你还想怎样！”

玛丽用双手抓着渔网，突然感觉从海底传来了一股力气，原来是石头把渔网给撕了开来。渔网连同网桩从她手里一起滑到了船底，好大坨东西缠在了一块。尤娜大叫了起来：“松手，弄开它！”只见网桩的尾巴戳了出来，跟着那坨东西也翻过船舷上缘，回到了海里，然后便齐刷刷地消失了。尤娜顶着风划啊划，终于抵达了岸边。她把船头往坡岸上一冲，猫咪坐在那儿又冲她尖叫了一声。她们并没有下来泊船，而是仍然呆呆地坐在横座板上。大海南面的颜色已经开始发黑，风也开始猛刮起来。

“又怎么啦？”尤娜说道，“与其为一张网伤心，不如为那些破得再也修不好的东西伤心。你舅舅就是喜欢织网，他理论丰富，实践能力也强，织网这活能让他觉得安心、熟悉。我是这么觉得的。他每次走进你说的那间小储藏室，就好像与世隔绝了一般。他织网的时候其实没想到过鱼，一点都没，更没想到你会把这张网，看成是他送给你的一份礼物。他只不过是安安静静地，做着这份专属他的工作。我可没诬赖他，这你是知道的。他没有什么抱负。”

“该死的抱负，”玛丽说道，“我说的抱负是指一种欲望，一些你不得不做的事情。”

“什么事？”

“我以为你知道。”

“知道什么？那些画吗？它们已经被吞没了。吞没在成千上万幅别的画里，迷失了方向。好多画根本就没有存在的价值——可滑稽的是，它们个个都自命不凡。”尤娜稍微降了降音量添了一句，“我说的都是别人的画。那些画基本都是这副德性。”

风暴越来越近，它像一幅巨大又陌生的彩色幕布，从海面上执着地漂了过来。整个场景异常壮观，以前从没有过，以后也可能不会再有。天空朝着这块美丽的幕布移了过去，它进入的，是一幅由局部雷阵雨所绘出的帘幕，每一滴雨都是那么精致。光线开始变得黯黄。浅滩那儿已经成了一片孟加拉绿。很快，所有的东西都将化成一场灰色的瓢泼大雨。

“照看一下船！”尤娜一边大吼，一边跳上岸，朝着木屋一路狂奔。

玛丽把维多利亚号给泊好，在南侧和北侧分别系了两条绳子。她走上山坡，凝视着这场倾盆大雨。大雨越靠越近，但速度非常缓慢。这点时间应该够尤娜来完成第一幅素描了。

六月的回忆

20 世纪初的时候，玛丽的妈妈在瑞典帮忙组建了一支女童乐队。乐队的女孩子们自然都非常崇拜这个领队。然而，其中有一个年纪特别小的队员，她对玛丽妈妈的崇拜，可谓是毫无保留的。她的名字叫赫莉嘉。赫莉嘉的个性安静得像只老鼠一样，几乎对世界上任何事情都会感到害怕。玛丽妈妈很清楚，无论怎么培养，赫莉嘉都不可能成为一名出色的演奏家了，所以，她悄悄地努力保护这个孩子，不让各种徒增恐惧的艰难险阻靠近。

赫莉嘉最大的恐惧来自雷声。每当雷声越滚越近，玛丽的妈妈就得去找她，安慰那可怜的孩子。她会说各种各样的理由给那孩子听，比如温度的骤然变化、电流的故事，还有窜上窜下的气流之类。赫莉嘉听没听懂倒不确定，但不管怎么说，感觉上总舒服一些了。

赫莉嘉有一个照相机，她心爱的领队无论带她到哪里，她都带着这相机。拍下来的照片都被贴在一本册子里，她从来不给任何人看这本册子，这可是她的秘密宝藏，也是她用来隔绝外头那危险世界的一道屏障。册子的第一页上，她贴了一小撮头发，头发还用透明玻璃纸给包了起来。这头发可是她怀着焦虑的心情，在做了一番前所未有的盘算之后，从领队那长长的辫子上剪下来的，只剪了最末梢的一小撮。

值得注意的一点是，赫莉嘉在离开乐队之后，从来没有回来找过她的偶像，连一般人免不了要送的圣诞卡片，也从来没寄过。这种一年一度的贺卡，总是会让收贺卡的人，泛起一点节日的伤感之情，更可能会冒起一股不安的情绪。另一方面，赫莉嘉依旧没放弃她那本“册子”，所有关于她那位“朋友”的东西，都会被她贴进册子里。随着时间的流逝，册子里还多出了举办婚礼以及孩子出世的消息。册子中分很多章节，其中一章被赫莉嘉取名为“她首先是一名艺术家”，里头有“她”参加艺术展的消息、报刊对“她”做的一些评价、一两件展览上的复制品，还有几段采访报道。至于那位“朋友”的家人，这虽然不是赫莉嘉最感兴趣的地方，但是也不得不提。册子的结尾部分粘着一份讣告和一首诗，赫莉嘉将她过去未说出口的感情，都拼命地融进了这首诗里。

很多年以后，赫莉嘉在看早报的时候，碰巧发现了一张告示，说是要拍卖许多艺术家的早期作品，后头还附上了艺术家的名单。这里头有玛丽妈妈在念书时候画的素描和水彩画，赫莉嘉把整个系列都买了回来，都是玛丽妈妈的早期作品。她给这些画裱上美丽的画框，挂在了墙上，还给它们拍了照，照片就收在那本册子里。现在，一切被画上了完美的句号。

就在这年夏天，不知什么原因，这份完美竟成了一种负担。赫莉嘉决定把这份责任托付给另外一名牺牲者。于是，她给玛丽写了封信。可她收集的这些材料都太珍贵了，寄过去显然不行，只能亲自交付到玛丽手上，而且要越快越好。

玛丽读过了信，绕着岛慢慢地散了一圈步。她回来的时候，尤娜说：“我们反正可以睡到帐篷里去的。应该就几天工夫对吧？”

“没错，应该就几天而已。”

六月的一个晚上，布鲁恩斯特罗姆的海上出租把赫莉嘉送到了岛上。她和她们打了声招呼，语气沉默又庄严，像是参加葬礼一般。赫莉嘉的腰身虽然粗了不少，但她个子还是很矮，脸上挂着一副矜持又固执的表情。接着她们朝小屋那儿走，屋子里的鱼汤已经在炉子上煮好了。过了好一会儿，她们之间才开始说上话来。赫莉嘉的意思是，现在打开包裹还有点早。“等明天，”她说道，“明天是‘她’的生日。”

尤娜待在帐篷里头，她发现赫莉嘉带了满满一堆行李过来。

“嗯，”玛丽说道，“我们先看会儿书吧。”

猫咪走进屋子，准备睡觉。

第二天早晨，桌子中间躺着赫莉嘉的那本册子。册子的封面用金色的乐队徽章装饰着。赫莉嘉点了一支蜡烛，燃烧的火苗在阳光下不太看得见。

“你们现在可以坐下来了，”赫莉嘉说道，“玛丽，这是一本记载着她一生的书。”接着，她便开始讲述起玛丽妈妈的故事。口气很严肃，但内容很细致。她说，为了能给玛丽母亲留下点印象，为了能在神圣的记忆花园中留下属于她的一席之地，自己付出了多少的耐心和努力，承载了多少的期待与悲伤。册子里的照片都已经曝光过度，褪了颜色。那些有故事的照片也都变得朦胧，看不太清楚了。这些故事对她们来说意义非凡，赫莉嘉一张一张地解释给她们听。

“玛丽，翻到第二十三页。你知道吗？你妈妈在1904年的时候，获得过印刷比赛的第一名！我读一下学校的年报给你听……她还是一名出色的神枪手，你知道吗？第二十九页有。1908年她在斯德哥尔摩拿过第一名，1907年在松兹瓦尔拿过第二名。还有，你知不知道她是1913年离开乐队的？你晓得为什么吗？”

“我晓得，”玛丽回答道，“她事情太多，实在忙不过来了，她觉得烦了。”

“不对不对。她并不是烦，她是想把乐队的职务交给别人，自己好全身心投入到‘艺术事业’中去。再翻到第四十五页……”

“等一下，”尤娜说道，“我要出去一会儿，我得给猫咪喂食。你们要来点咖啡吗？”

“不用了，谢谢，”赫莉嘉说道，“手头的这件事比较重要。”

过了一阵，玛丽从小屋里冲了出来。“你听见了没！”她大吼道，“神圣的记忆花园！你知不知道我妈妈在1908年，是全瑞典头发第二长的人！那撮包在透明玻璃纸里的头发让我恶心，她凭什么！”

“停，”尤娜说道，“你知道我怎么想的吗？我觉得你应该和她说说，让她把册子给你，你一个人看就行了。你好好和她说，别一副恼火的样子，你就说这是你的私事，对你很重要。你可以跑到海峡那去，找一个最远的地方，这样她也不知道你是看了还是没看。”

“看我是肯定会看的！”玛丽咆哮道，“但我不可能这么做！还有，你干吗要掺和进来！”

尤娜说：“一座岛上住两个人还过得去，哪怕情况再糟。但要是住三个人，那就可怕了。玛丽，她不是想偷走你妈妈，你好好想一想我说的话。”

玛丽拿着赫莉嘉的那本册子，走到了海峡最远的一个地方。天气很温暖又很舒服，海面上吹来一阵微风。

尤娜回到木屋的时候，赫莉嘉已经把行李都打开来了。玛丽妈妈在学生时代画的所有素描，还有水彩画，被一排排整齐地挂到了墙壁上。

“什么也别说，”赫莉嘉说道，“我要给她一个惊喜。我们一起等玛丽回来吧。”

她们就这样等了很久很久。

到最后玛丽还没回来，尤娜只好跑到巨型船钟那儿，她要把钟摇响，通常只有在遇到紧急情况的时候才会这么干。玛丽跟着钟声一路奔回家，她撞开屋子的门，接着便一动不动地站在那儿。阳光洒在画框的金边上，非常耀眼。赫莉嘉目不转睛地打量着她。

尤娜小心翼翼地说了一句：“她那时好年轻啊。”

“是啊，”赫莉嘉说道，“是，她那时确实年轻。这是一份可以永传下去的珍贵遗产。”

她们把墙上的地图摘了下来，又换上了玛丽妈妈的肖像。

“我们现在该喝一杯了吧，”尤娜说道，“对不对，玛丽？”

“对。该喝烈的。可惜这儿没有。”

就在这时，房子被好长一阵爆炸声震得颤抖不已。一幅水彩画掉在了地板上，玻璃框也碎了开来。

“是俄罗斯人吗？”赫莉嘉轻声问道。

“很有可能，”玛丽说道，“从这儿到另一边其实也没多远……”

尤娜打断了她的话：“你别乱说话。赫莉嘉，这只是国防军在那儿做炮击演习而已。没什么可担心的。我们要不要出去看看？”

赫莉嘉摇了摇头，她的脸都发白了。

玛丽走到山坡外头的时候说：“她害怕了。”

“别那么幸灾乐祸。我们的猫粮够不够猫吃一个星期？”

“不够，应该不够。不过这炮击要还继续下去，恐怕连条小鱼也吃不上。”

“那声音又来了。”

“啊哈，”玛丽说道，“我都能背出来了，电台里肯定说，国防部门发出以下警告：‘重型火炮部队将于某某地区、某某日期、某某时间进行真枪实弹的演习，危险地区的半径为五千米，高度为两千米，当地居民须小心谨慎，吧啦吧啦。’对了，这样一来，估计她明天就要走了！”

“我知道，我知道！”尤娜突然大喊道，“这是我的错。我应该给录音机装上新电池的，我把这事给忘了……”

一艘小拖船缓缓地驶出海面，后头跟着一个巨大的靶子。炮弹溅到海里时，海面上激起一根根白色的水柱。

“他们这炮射得有点歪，”玛丽评论道，“看那边最后一发炮弹，几乎都要打到船身上去了。他们应该搞一条更长的拖绳才对。”

靶子在海峡后头渐渐消失了，炮弹现在正从岛上飞过。每次开炮，她们都能听到头顶上有人在吹口哨。为了躲过炮弹，还得时不时低下头，没别的法子。

“幼稚，”玛丽说道，“我看他们纯粹就是来玩的。”

“玩倒是一点都不像。这个你不懂。开炮这个本领应该要好好学一学。这很重要，比世上所有的渔夫，还有夏天到这儿度假的人加起来，都要重要。这事情可不是闹着玩的。简单地说，国防部队到这儿来，是为了保卫我们的安全，而我们就应该尽全力帮助他们，理解他们。每次演习，部队都会派八百个兵过来，这你该懂了吧。”

“哈哈，”玛丽说道，“我看他们此时此刻像是九百只绒鸭在孵蛋！”

突然，在她们站着的海边，有一道水柱从海里冲了上来，完全出乎意料。水柱很高，颜色也很白。接着，一颗炮弹打在了山坡上，一阵弹雨一般飞过菜园。她们俩赶紧走到小屋里头。

“你现在听我说，”尤娜说道，“我们必须要想个合适的办法才行。那些男孩子年纪非常轻，应该都不怎么会开炮。靶子现在正往岛后头移动。没事，这样一来，他们开炮的时候，炮弹应该会经过群岛。只不过，要求他们一上来就能估准距离，这有点困难，我们只好理解一下了。”说完她把咖啡杯端了出来，又把赫莉嘉的剪贴本挪到了一边。

“把它给我！”赫莉嘉大吼道。玛丽说道：“你可以把它收在地下室，你人也可以待到那边去，这样可能更好。待在地上的话，情况只会越来越糟。”

赫莉嘉突然大叫道：“你和你母亲一点也不像！”

“是不像。我和她确实不像。你不是对她了若指掌吗，这你应该知道！”

“够了，”尤娜发话了，“把书放到床垫下面去，你们俩都静一静。”

炮火声一直持续到傍晚的时候才消停下来。玛丽拿了一罐子颜料走了出去，她在每一个炮弹砸出的洞周围，都标上一个白色的圈。“这些记号留着以后给别人看看，”她解释道，“给别人留个印象。”

“给谁？”

“可以给那帮从维肯来的小伙子们……”

“玛丽，你今天的表现可不怎么友善。”

“是，我知道。”

“你就不能这么算了吗？”

“她没权利占有我妈妈。”

“哎，”尤娜说道，“实际上，说得婉转一点，最糟糕的不是她占不占有，而是她把你妈妈在学生时代画的作品当成代表作，这样做不公平。”

这一星期就这么过了下去，或许这已经是最好的结果了。每到晚上，国防军就会拿探照灯扫一扫海面，这是一种军事演习。冷冰冰的灯光穿过小屋的窗子，有规律地转动来转动去，再遮光的窗帘布也挡不住那光线。赫莉嘉哭了。

“玛丽，你得搬到小屋里去住，”尤娜说道，“这样子她心里会好受一些。”

“不能你搬过去吗？”

“不能，我和猫继续留在帐篷里。这事情得由你自己来处理，仅此一次。”

玛丽拖着床垫走到小屋里，她把头面向墙壁睡了下去。

到国防军演习的最后一天了，外头忽然响起了雷声，狂风骤雨在一旁伴奏着。赫莉嘉从床上跳起来，她把玛丽摇醒，大吼道：“他们现在冲着我们这儿发射了吗？我们要不要躲到地下室去？”

“不是不是，他们没有在开炮，那是打雷的声音。只有上帝在对我们开炮。”玛丽把灯点上，她看到此时此刻的赫莉嘉样子显得非常害怕，她从来没见过这么恐惧的面容。暴雨径直打在她们头顶上方，电击雷鸣也同时袭来。国防军的蓝色探照灯被暴风雨的红色幻象所吞噬，仿佛末日一般。真是太不可思议了。

“他们不是在开炮，”玛丽重复道，“只是在响雷罢了。去睡觉吧。”

“球状闪电！”赫莉嘉又大叫起来，“它们进来了，然后滚到你身体里。它们会发现你，还会滚进你的身体里！”

玛丽抓起赫莉嘉的肩膀摇了摇她，“冷静，”她说道，“冷静下。睡觉去吧，你看看我在做什么，我把风门关了，它们现在进不来了。看这儿，你把橡胶靴子穿上，那样你就安全了，绝对的。”

赫莉嘉套上了橡胶靴子。

“现在，现在我要给你解释一下，打雷是一个非常简单的现象……它就是一个……”

打雷这个事到了妈妈口中，会变成非常自然的一种现象。可她具体是怎么说的，玛丽一瞬间有点想不起来。玛丽用略带模糊的口吻说道：“打雷就是一种和上升气流有关的现象……”

这时，闪电照在房间里的四扇窗户上，轰隆隆的雷声又一次沸腾起来。赫莉嘉已经一头栽进了玛丽的怀抱，她使出全身力气抱住玛丽。“对，对，”她说道，“上升气流，对吗？还有下降气流……还有别的吗？快给我解释一下！”

“电流，”玛丽轻声呼唤道，“只是简单的电流而已，没别的东西……”

慢慢地，雷雨朝着北方越走越远，和往常一样。只要岛上出现雷雨天气，基本都是打南边来，往北边走，这是常识。现在它们已经渐行渐远，远到几乎听不见它们的声音了，只剩下雨水在滴滴答答。

玛丽为了抱紧赫莉嘉，两条手臂都僵硬了。灯也开始冒烟。她说道：“结束了，你现在可以去睡觉了，已经没有危险了。你听我说，我的朋友，现在已经没有任何危险了……”过了好一会儿，玛丽才明白过来，其实赫莉嘉早就睡着了。

第二天早晨，海面波光粼粼，整座岛被夜晚的雨水洗刷得干干净净。猫咪走过来叫嚷着要吃东西。

她们开着船带赫莉嘉回到了大陆，路上还顺手撒了两张网。

就在公车出发之际，赫莉嘉转过头来看着玛丽，她说：“不论如何，有件事你得承认。你对雷电的概念好像不是特别清楚。”

“我承认，”玛丽回答道，“不过我会努力把它搞清楚的。”

回家的路上她们把渔网收了收，放走了两条可怜的斜齿鳊和小鲶鱼。猫咪站在岸上候着她们。

“这场雷雨走得好安静，”尤娜说道，“你觉得呢？是不是挺舒服的？”

“非常舒服，”玛丽说道，“算是最舒服的一次了吧。”

雾

船刚开到一半的时候，海面起雾了。冰冷泛黄的雾气从海里非常迅速地卷起来。尤娜又继续行驶了一小段距离，但没过一会儿她就把马达给关了。

“这么做不划算，继续开下去我们会开过头的，最后跑到爱沙尼亚也说不定。”

没有什么事情比在起雾的海面中等待来得更安静了。大船可能会突然耸立在你面前，但你根本听不见船的声音，连想发动个马达躲一躲的时间也没有。他们也不鸣雾号，这究竟是为什么呢？

我应该带上指南针的，尤娜心里念叨。海面死一般的沉寂，风向也帮不上任何忙。至于手表，自然也是没带。我甚至连天气预报都没有听……此时此刻，玛丽坐在那儿，冻得瑟瑟发抖！

“你拿船桨稍微划一点，这样能暖和些。”

玛丽拿起船桨来。她细细的脖子流露出焦虑的心情，看上去很可怜，湿湿的头发一绺绺地搭在眼睛上。

“你右桨划得太用力了，一直在打转。不过这样也好。”

“尤娜，”玛丽说道，“船尾箱那你有没有放硬面包？”

“没有，我没放。”

“我妈妈……”玛丽开始说道。

“我知道，我知道，你妈妈以前每次要出海，都会随身带上硬面包的。不过现在的情况是，我没放。”

“你干吗要生气啊？”玛丽问道。

“我没有生气，我为什么要生气？”

一条垂直的隧道径直出现在她们头顶，隧道的尽头通往一片烦人的蓝色夏日天空——就和坐飞机的时候看到的一样，不同的是，隧道是笔直向下的。

终于有艘船发出了雾号，声音从非常遥远的地方传来。

“硬面包，”尤娜发表意见了，“硬面包，看在上帝的份上。你妈妈对硬面包真的挺讲究的。她会把面包掰成一小块一小块，然后把它们排成一排，再给每一小块都抹上黄油。一百年不变。我呢，只好在旁边候着她手里的黄油刀，等她用好再用。她和我们住在一起的那些日子里，每一年、每一天、每一天的早晨，都要干相同的事情！”

玛丽说道：“你可以弄两把黄油刀的……”

一个巨大的阴影从雾霾中闪现，像一堵黑暗之墙，紧贴着她们身边滑过。尤娜猛地拉起马达冲了出去，然后又把马达给关了。鼓起的波涛渐渐平息了下来，一切又恢复了彻底的平静。

“你害怕了吗？”尤娜问道。

“没，我根本来不及害怕。”玛丽继续说道，“顺便提一下，你妈妈可是对烘焙面包情有独钟。她以前一烘好面包，总爱给我们寄一整块来。每次寄出去了，还要打电话来通知一声。早上七点钟打过来，一打就是一个小时。那种全麦面包要是发霉变质了，我们就习惯叫它绿麦面包。”

“哈哈，那么好笑，”尤娜说道，“说到妈妈，你妈妈以前在打扑克的时候会耍赖。”

“可能吧。不过怎么说她也已经八十五岁了。”

“不对。是八十八岁，这点你不能反驳。”

“好吧好吧，就算是八十八岁。人都到那年纪了，搞点这个那个也很正常吧。”

“这种事无论什么年纪都是不能做的，”尤娜严肃地说道，“到了这把年纪，人必须学会尊重自己的对手。你妈妈使诈的时候，一点都不难为情，这点你最好也别反驳。她都不把我当回事。就算是玩游戏，也要认真对待才行。你左边划得再用力一些。”

天着实已经变得凉飕飕的了。这团雾气笼罩在她们上方，穿过她们的身体飘浮着，和以往一样难以捉摸。尤娜从船尾箱里拿出鱼钩，既然困在这儿了，不如钓一条鳕鱼看看——但不知怎么地，她们当时也没啥心情钓鱼。

只好就那样干巴巴地等着。

“真奇怪，”玛丽说道，“像现在这样坐着，我脑袋里什么稀奇古怪的念头都能跑出来。现在几点了？”

“我们没带表。也没有指南针。”

“说起我们两个的妈妈，”玛丽继续说道，“我有个疑问一直没敢和你提。尤娜，你们当时到底是在吵什么？我妈妈要说风是从西北方向吹来的，你就会立刻驳斥她，硬说是正北风。她说北风的时候，你就说西北风；她说南风的时候，你又说是东北风，你们老是那样子吵个不停。其实我心里知道，你们肯定是在为了别的事情吵，肯定是非常重要、非常危险的事情！”

“我们当然是为别的事情在吵了。”尤娜说道。

玛丽停下划桨的动作。她慢悠悠地说道：“真的？那你们到底在吵些什么？是时候让我知道了吧？你就说实话好了，我们正好聊一聊。”

“好。”尤娜说道，“你问得真好。我告诉你，你妈妈她顺走了我好多造船工具，每年每日地。她磨不来刀，刀给了她，只会一把接一把地坏掉。凿子就更惨了！最可怜的，是那些陪伴了我半辈子的工具。个个很精致不说，它们和人都是互相认识，互相有感情的。可突然出现了一个人，她压根不明白这些道理，也从来不尊重那些工具。它们都是有感觉的东西，她却像用开罐器一样，对它们粗暴得很！是，是，我知道你要和我说什么——她造的那些船是不错，制作也挺精良的。但她不能搞一套自己的工具用吗？偏偏要把别人的都弄坏，才心满意足？”

玛丽说：“嗯。那样做确实差劲，非常差劲。”她又开始划起船来，过了一会儿，她把船桨抽出海面，说道，“都是你的错，因为你，她后来都不做船了。”

“你这话是什么意思？”

“她说因为你做得比她好。”

“你现在是对我发脾气喽？”

“我哪能啊，”玛丽边说又边开始划起桨来。“你有时候真会把我搞疯。”

雾气消散的时候，她们都没注意到。这团大大的夏日之雾正向北边渐渐滚远，它此去将会打搅到内群岛的居民。海面一下子开阔了起来，海水湛蓝湛蓝的。她们发现，就现在这位置，离爱沙尼亚还有好长一段路要走。尤娜发动起马达准备回岛。路线和来的时候完全不一样，不过从这个角度往岛上看，感觉另有一番滋味。

杀死乔治

玛丽走进前厅时，听见了里头印刷机工作的声音。

“你怎么又回来了？”尤娜的声音从工作室里传来。

“我只是来找那些笔的……”

尤娜把她打印的东西拿到眼前，认真地研究了一下。“不对，”她说道，“我知道你来这儿是想和我说乔治的事情。你把他的角色改过了。”

“没错。我把结尾也想好了，整个框架都想好了！我还去掉了很多重复的地方，斯维法的新名字也不是斯蒂芬了，他现在叫卡勒。”

“我的老天爷。”尤娜说道。

“要不然我迟一点再来？”

“不用不用，你随便找个地方坐一下。我明天再继续弄好了。”

她们面对面坐在窗边的桌子旁。尤娜点了一根香烟，她说：“你没必要从头开始读，那一部分我全背得出来。我看到‘小姐，再来三杯差不多的’，然后安东走出去打电话这里。你从海龟那里开始读好了。”

“可我一定要从开头读起，否则就没有一种整体感了，这你懂的！我读得快一点，从开头读到最新的部分，行不行？他们去餐馆的那段被我删了，至于安东这个人，我没具体交代他是怎么在那儿的，在就是在了。总体来看，你觉得这样写可以吗？”

“完全可以。不过，说真的，我感觉还差了点什么，而且结尾也会比较难写。”

“结尾我都已经想好了！”

尤娜说：“不管怎么说，你还是从海龟那里开始读起吧。”说完玛丽便戴上了她的眼镜。

“说到悲伤的事情，”卡勒说道，“你前几天有没有在报纸上读到过，关于一只孤独海龟的新闻？它的名字叫作乔治。”

“没有，它是怎么回事？”

“这只海龟可有趣了，它是它这个品种里的最后一只了，加拉帕戈斯群岛大海龟，也不知是什么品种。反正它是它这个特定的海龟品种里的最后一只，它死了之后再也不会有那种海龟了。”

“这真是见鬼了。”博瑟说道。

“是啊。它平时常常绕着圈圈走路，一刻不停地，像是在找什么东西。”

“他们怎么知道它是绕着圈圈走路的呢？”

“他们把它放在一个笼子里，”卡勒解释道，“每分每秒都有人观察它。乔治是在找母海龟，这下你懂了吧。”

“那这事他们是怎么知道的呢？”

“他们对此非常肯定。科学家嘛，你懂的。”

“好吧，”博瑟说道，“你和我提这个事情，是想暗示我安东也在做同样的事情吗？他也总一刻不停地打电话，但就是没人接。我们要不要出去找他？”

“等一下，”尤娜说道，“这个安东。他不停地出去打电话。但对方那个女人却始终不接他的电话。为什么要打那么多遍呢，既然她不接，那就说明她不在家，这么简单的事。还有，我觉得你拿他和海龟进行类比，挺牵强的。我心里面其实蛮喜欢海龟的，这你是知道的……”

“很棒！”玛丽脱口而出，“太棒了，既然你喜欢海龟，那你怎么会不喜欢其他部分呢！我都和你说了，我把整个结尾都给改了，整个！”

“往下念。”尤娜说道。

“你知道吗，博瑟。我有时候情绪会很低落，像见鬼了一样。”

“是吗。”

“是啊。我觉得做任何事情都没有意义。”

“啊，那这样的话你该怎么办呢？那只乔治……他们怎么就知道，世界上不存在第二只了呢，他们怎么就能这么确定呢？”

卡勒说道："他们就是知道。所有地方都被他们找遍了。"

"可我觉得他们没搜仔细，也许他们没那么多时间。要把地球上所有的角角落落都找一遍，是很花时间的。他们没找全，就这么急匆匆地跑出来说……我现在对你的乔治有点厌烦了。"

"好吧，那就不聊这个话题了。是我不好。小姐，再来三杯差不多的。"

"停，"尤娜说道，"你确定要把小说里的男性角色都设置得这么简单吗？"

"他们本来就很简单，"玛丽回答道，"现在安东要出场了。"

"看，"卡勒说道，"我们帮你点的酒都留着。你现在有两杯了。"

"你们真客气。"安东说道。

博瑟说："没人接吗？"

"没有。不过我想继续打打看。"

尤娜开始提问：“他一共打了多少次电话，我说那个安东？还有，他长得什么样子？他是做什么的？他到底是谁？算了先不管了，直接跳到‘我不知道这是一种可怕的打击还是一种安慰了’，我喜欢这一段。”

玛丽开始读：

安东走了之后，卡勒看着博瑟的眼睛说道：“可不管怎么说，那帮科学家是不是太异想天开了点，我的意思是给乔治找媳妇这事，他们怎么就那么锲而不舍呢？它可能压根就不存在。还有，如果它真的存在，但却永远都找不到，这样岂不是更糟糕？”他将杯中的酒一饮而尽，表情很严肃，又继续说道：“我不知道这是一种可怕的打击还是一种安慰了。”

“这里我删掉了半页纸的内容。”玛丽说道。

“博瑟，你知道是什么让我真真切切地感到这么疲惫，这么伤感的吗？是因为我觉得没有一件事情是合我心意的。你现在听我说，我感觉好像所有事情都没有意义。

它们仿佛都是秘密进行着一样。你永远不清楚事情是为什么、怎么会演变成这副样子的。所有的事情没法拼在一起。你明白我在说什么吗？”

博瑟说道：“为什么所有的事情一定要拼在一起？你要用什么方式把它们凑在一起呢？你到底在期盼些什么？”

“我期盼的是一种整体感。”

“停，”尤娜说道，“这个词你之前提到过。你三番两次地提，是要表达什么意思呢？据我的理解……”

玛丽把眼镜从脸上摘了下来，大吼道：“我和你说过了，我把整个结尾都重写了一遍！你知道我怎么写的吗，其实安东根本没有给任何女人打电话，这个女人根本就不存在，安东拨的一直都是他自己的号码！他是在打给自己，你明白了吗？我这么写是不是比原来要好？”

“确实，”尤娜说道。

“那好。你也觉得这么写更好一点对吧。现在他又回到了桌子旁，博瑟和卡勒注意到有什么事情发生了。我来给你读一下……”

“等一下，”尤娜说道，“你先说一下你的设想。”

“我把她杀了，”玛丽解释道，“换句话说，安东把她杀了。这样一来，他就再也不用继续打电话下去了。博瑟和卡勒肯定会很不安，所以他们又点了几杯新的酒，想安慰安慰他……”

“我觉得你不该在文章里放那么多酒进来，”尤娜说道，“但是这个女人的部分，你处理得不错。把乔治也弄死的话怎么样？我倒有这个想法。”

“可你不是说你挺喜欢它的嘛，”玛丽说道，“你说过它不错的啊。”她站起身来把稿子理了理，“杀掉它，这行不通。”

“行得通的，”尤娜说，“这部分必须换个写法。要再来点咖啡吗？”

“不用了，我不太想喝。”

“玛丽，现在卡勒已经得出了一种很忧郁的结论，他觉得所有事情都是多余的。而乔治这边只会一刻不停地绕圈圈走路，实际上它这么做一点用都没有，但它却不知道。然后再是安东，他很勇敢，他把自己的谎言告诉了大家。要想让故事的情节变得有趣，关键就在安东这个角色了，可你却一点都不重视他。先别去管乔治的事情了，想一想安东，想想他为什么要这么做？你现在的脑子已经转不起来了，出去呼吸点新鲜空气，让大脑活跃起来，我正好去煮点咖啡来。”

尤娜走到浴室，她要把咖啡壶灌满水。她站在镜子前，看着自己的脸，一阵苦涩的念头突然在她脑中浮现出来：这样下去可不行，再这样下去，这部小说永远都完结不了。重写、推翻、讨论，然后继续写，真的无止境了。有很多词不是要换位置就是该直接被替换掉。反反复复，我都记不起来昨天是什么版本了，今天改了什么地方我也想不起来了。我受够了！我要进去把这话告诉她，就现在，马上……对了，要不先考考她，让她描述个什么东西。就我的长相好了。好的描述不仅具有信服力，而且能让人很快就想象出我的样子来。她会怎么来描述我呢——脸宽宽的，看上去很不好客，上面还有很多皱纹；褐色的头发正在渐渐发白；鼻子大不隆咚？

尤娜拿着咖啡壶走进房间，然后说道：“你试试看把我的样子描述一下。”

“你认真的？”

“没错。”

“我喝半杯就好了，”玛丽说道，“我觉得我该回家了。”过了一小会儿她又说：“要我描述你的话，我首先要突出你的耐心，你的固执。从某种层面来看，你是一个除了……啊对，除了你自己想做的事情，任何别的事情都不愿意去做的人，我可能要突出这一点来……头发的话，褐色中带有一点不寻常的味道，尤其在逆光下看的话。你的性格配上你那短短的脖子，会让人联想到古罗马时期的帝王——你懂的，那种把自己当做神，当做全世界之主的帝王……等一下——还有你做动作以及走路的样子。每次你把头慢悠悠地转过来，看着我的时候，你的那双眼睛……”

“一只是灰色的，一只是蓝色的，”尤娜评论道，“你现在该喝点咖啡了，好让你清醒清醒。我们从头开始重新过一遍。慢点读，我们有的是时间。把注意力集中在安东这里，始终把焦点放在他身上，我们必须把他塑造成一个栩栩如生的人物。必要的话，得把乔治给牺牲了。慢慢读。从卡勒说道：‘小姐，再给我三杯差不多的。’这里开始，慢一点读。一定得集中注意力。凡是觉得什么地方不太对劲，我们就停下来讨论一下。只要想到什么新点子，我们就停下来。准备好了吗？读吧。”

带着柯尼卡旅行

尤娜曾经拍过电影。在那之前她搞到了一台柯尼卡八毫米胶片摄像机，她非常钟爱这台体型小巧的机器，无论去哪儿旅游都会带上它。

“玛丽，”她说，“我已经厌倦这种静态的图片了，我想做点其他类型的图片，那种会动的、活生生的图片。我想要能带点动作，带点变化的图片——你明白我的意思，我想把所有在当下发生的事情拍下来……电影就相当于我的速写本。你看那儿！他们来了……喜剧演员们来了！”

他们来了，带着毛绒地毯的街头艺人们、站在球上的小孩子、能吞下火焰的强壮男子、变戏法的小姑娘，都来了。路人们在街上驻足停留，朝他们的表演越靠越近。天气非常炎热。太阳光闪闪发亮，阴影处则是一片刺眼的深蓝。

玛丽紧紧站在尤娜身边，尤娜的手中拿着一盘打开的柯达胶卷。玛丽听着摄像机发出的呼呼声，等节奏一变，她就得立马准备好新的胶卷，把旧的替换下来。她还有另外一项重要的任务，就是得让尤娜的视野始终保持开阔的状态，她要防止行人从摄像机前经过。玛丽把这看成是一项非常光荣的任务。

“你不用去管这些，”尤娜说道，“就当他们是临时演员好了，我到时候会把这些都剪辑掉的。”

可玛丽却说：“让我去管管吧，这是我的工作。”

做好帮尤娜找柯达胶卷这件事也同样重要。玛丽为了找胶卷，在市镇，在公交车站时，她都会格外留心红黄相间的招牌，因为这意味着那里有柯达胶卷卖。爱克发胶卷似乎遍地都有。

“这出来的颜色是蓝绿色，”玛丽说道，“等下，我去找找柯达来。”她继续寻找胶卷，同时还要担心会不会错过什么不期而遇的美妙情景——那种在街头转瞬即逝且永远不会再现的表演，而此时胶卷已经耗尽，来不及记录——接下来她们又不得不重新徘徊游荡，拼命忘记错过的部分。

她们从一个城市拍到另一个城市，尤娜、玛丽还有柯尼卡。玛丽变得越来越挑剔，她开始对电影指手画脚，就连布景和灯光她也要发表自己的看法；为了找到合适的主题，她甚至要东奔西跑。

这回她们来到了大水族馆里，那儿的蓝绿色水池是海豚们的家，玛丽一把抓住尤娜的胳膊大叫道："等等，它跳出来的时候我会给提示的，否则你这样子是浪费胶卷……"突然间，那只海豚从水里高高地跃了出来，身体在阳光底下闪闪发光。尤娜大喊道："现在再拍就晚了！你让我自己做决定吧！"

"对不起，"玛丽说道，"忘记你还有你的柯尼卡了。"

地面下方的水池有灯光打着，美丽得让人难以置信，黑漆漆的通道神秘莫测。鲸鱼们就在那儿潜泳。透过玻璃墙，你可以看见它们在跳舞，非常震撼。它们俯冲入水，嗖地转了个身，一下子暴露在光线之中。"这光线太暗了，"玛丽说，"你什么都拍不出来的，电影放出来，除了黑的什么都看不见……”

“安静，”尤娜说道，“鲨鱼要来了。”

人们为了看这个庞然大物纷纷往前挤，玛丽伸开双臂想阻挡他们靠近。现在鲨鱼终于出现了，只见一条灰色的阴影紧紧贴着玻璃墙，缓缓地游了过去，接着就消失不见了。

“很好，”尤娜说，“我把它拍下来了。你不是一直都很渴望，能近距离看看真正的鲨鱼吗，现在你看到了。”

玛丽说：“我没看到。”

“你这话是什么意思，你没看到？”

“我心思全放在柯尼卡身上了！我每分每秒都在想柯尼卡的事情，我都没反应过来我到底看了什么，它就那么过去了！”

“那也不用生气吧？”尤娜双手递出她的柯尼卡，说道：“你的鲨鱼在这儿，在这里面呢！等我们回家以后，你想看多少遍、想什么时候看都可以。还能边看边听配乐呢。”

没有什么事情比发现马戏团更能让尤娜高兴的了。但在郊外林荫大道举办的周日嘉年华，兴许能让她更兴奋。她们带着柯尼卡找到了这个地方，从很远处就能听到旋转木马发出的断断续续的声音。尤娜打开磁带录音机，她小声说道：“我们从这里开始录，慢慢靠近，要很慢才行，让人有一种期待的感觉。然后再是我们的脚步声，最后才是画面。”

她们以前从来没骑过旋转木马。

旅行结束之后，过了好多天，尤娜终于在她的工作室里摆上了屏幕。她把投影仪的光聚焦在屏幕上，还把屋顶上的吊灯也给关了。玛丽拿着笔和纸坐在那等着。机器开始转动了，屏幕上投射出一块长方形的光影。

尤娜说道：“记一下要删减的部分，还有重复的地方。”

“好好，我知道了。”

“还有一片黑的画面也要记下来。”

之前拍摄的画面浮现在了她们的眼前。玛丽记录道：

开头删到R这里

跳跃

V这里改一下

海滩画面太长

景观不必要

人群消失太快

花朵画面模糊——

她写啊写，到后来她都不知道她们到底去过什么地方了。

尤娜解释道：“剪片子比拍片子其实还要难。等我剪辑好了以后，我们可以把音乐加进去，不过现在还不急，有了音乐，看东西就不那么挑剔了。”

“可是尤娜，我现在就想看看有音乐的东西。我不想再记了。”

“那你想看什么呢？”

“墨西哥那段好了。那片空空荡荡的游乐场。所有人都穷得骑不起旋转木马，你知道的。”

尤娜把带子放进去，一阵无休无止凄凄切切的马林巴琴声，从带子里传了出来。画面模模糊糊的，一开始还抖抖晃晃，但就在一刹那，镜头切换到一片黄昏的景色中。黄昏的景象在屏幕上停留了很久，接着画面转到了马萨特兰郊外的空地上。那里的下水管道通往大海，管道上反射出夕阳的最后一道光辉，像是一长条灼烧着的金色带子，然后便渐渐暗淡下去。现在镜头又移到了工地，从工地又移到了废弃的车场那儿，接着，又切换到很远的地方去了。闪烁着五颜六色灯光的巨型摩天轮出现在她们眼前，灯光随着摩天轮起起落落。

柯尼卡越靠越近，你会发现所有的小游船都空无一人。画面又跳到了一匹旋转木马上，它一圈又一圈不停地旋转着，那儿也是一个人都没有。游乐场里的设备全都闪闪发光，炫目迷人，做好了供人消遣的准备。可惜人们只是慢悠悠地从那经过，冷眼旁观了几下而已。唯独几个年轻的小伙子在那玩射击，除此以外没有人参与到这场盛会当中。尤娜给那些小伙子们严肃的表情拍了特写。随着电影的放映，笼罩在马萨特兰上方的暮色也越沉越深，游乐场的人都走光了。可是摩天轮却依旧在旋转着，现在只剩一个灯在那起起落落了。时间已经差不多到晚上了。马林巴琴还在继续弹奏着。马戏团的帐篷后边，有几只狗在垃圾堆旁拱土，样子模模糊糊的。

“太……”玛丽说道，“太棒了。那边的人玩都没玩就回家了……但他们肯定都看到那些东西了，对不对？你在影片结尾把废水沟放进去了对吧，就是那个一闪一闪的光影？”

“稍等一下，结尾部分来了。”

画面开始变黑，黑了好长一段时间。除了几道微弱的光影之外，什么都没有。接着屏幕上的画面就消失了。

玛丽说：“这一段你一定要剪掉，没人看得懂。画面太暗了。”

尤娜关掉了投影仪，把屋顶上的吊灯打开，然后说道：“这一段就是得这么黑才行，要彻彻底底的黑，活灵活现的黑。现在你看到自己在那里头了，对吧？”

“对，”玛丽回答道，“我在那儿。”

B 级西部片

尤娜拿着一杯波旁威士忌、一大玻璃瓶子水还有一盒科尔斯特雪茄走了进来。

“啊哈，”玛丽说道，“你是要看拍美国西大荒时期的片子吧，是 B 级西部片吗？”

“是的，一部早期的经典片子。”

房间里相当冷，玛丽拿毯子裹在身上。“什么时候放？”

“其实，”尤娜说，“其实我觉得，我一个人看这部电影更合适。”

“我保证一个字都不说。”

“就算不说，我也知道你是怎么想的。一旦知道我就不能集中注意力了。”尤娜把她俩的杯子斟上酒，然后继续说道：“你眼里的西部片都是在一遍一遍重复相同的故事，可能确实是这么回事，但你要理解美国人，他们可把自己的历史当宝了，那段历史很短却很有力。反正就是讲不腻……你喜欢的是文艺复兴那段历史吗？还是古埃及人那段？难道是中国？”

“都不是特别感兴趣。”玛丽说道，“历史无非就是存在于某个时空而已，或者说存在过。”

“答得很好。现在不是给B级西部片说好话，你仔细想一想，想象一下登上新大陆最早的那批人，都有些什么特点——勇气！勇气和耐心。还有纯纯的好奇心。他们是最早发现这片土地，征服这片新大陆的人！”

“征服。”玛丽重复了一遍尤娜说的词，顺便把身上的毯子裹得更紧了些。

“对啊对啊，现在先别提什么印第安人，什么残忍、傲慢这些东西，征服这码事既有好的方面也有坏的方面。翻天覆地的变化始终和暴力伴随在一起，事实就是这样，不对吗？

瞧瞧这片空空荡荡的土地，瞧瞧这些荒无人烟的地方，想想看他们一辈子都要过着这种危险的生活……正因为这样，他们必须要有一种严肃、强烈的正义感，他们必须要尽他们的力量，按自己的方式创造出属于他们的规则和制度……”尤娜把雪茄搁到一边，“这雪茄吸不起来，”她说，“品种不对。”

玛丽评论说，可能是因为雪茄存放的时间太久了。尤娜紧接着继续说：“这种目无法纪的状态，必须要有套法则管管。失误是很自然的事情，你想，他们过的日子那么暴力、那么血腥，根本就来不及考虑周全。我反正是这么觉得的。再说了，现在这个年代失误也会发生，难道不是吗？我们都信错了人。”

尤娜身体前倾，非常认真地打量起她的朋友。“荣誉感，”她郑重地说，“相信我，荣誉感这东西，从来都没有像在他们那年代这么强烈过。那是一种男人与男人之间的友谊。你曾经和我说过，西部片里的主角个个都很白痴——好，就算他们白痴。把他们抛开，不想他们，你能发现什么？男人之间的友谊：他们尊重彼此，他们的友情坚定不渝。这就是西部片的主旨。”

“我知道，”玛丽说道，“他们先是要光明正大地打上一架，自那以后便成了永生永世的好朋友。要不然就是在结尾的时候，他们中品德最高尚的那位会被子弹射中，最后倒在抒情的音乐中光荣牺牲。”

“你这说得也太刻薄了点，”尤娜说道。她把罩在电视机上的保护布拉开，接着把电视调到二频道。

“不管你怎么说，”玛丽说道，“西部片就像我说的那样，它永远都是换汤不换药的。总是一伙人策马奔腾着，经过的山、瀑布、教堂全都是一模一样的。还有酒吧、牛车，也全都一样。他们难道从来都不觉得厌烦吗？”

“不觉得，”尤娜回答道，“他们不会觉得厌烦的。它就是要让你有一种似曾相识的感觉，它把你想象过的情景再现在你的眼前，你一看就能认出来。人都会做梦，不是吗？一辆辆牛车奋力穿越在未开垦过的危险之地……不管这是一部A级制作的西部片，还是B级，甚至是C级，在他们看来，这是一条必经之路。就像影片里一次次重复的那样，他们为此感到骄傲，感到自豪，可能还会感到一丝慰藉。我是这么想的。”

“好，”玛丽说道，“好吧，也许你说的是对的。”

但尤娜话还没说完，她接着说道：“你要说这些电影是在重复又重复，就算真是这样，也轮不到你说。你自己写的短篇小说还都不是一个主题，也不过是一遍一遍重复罢了。你去把窗帘拉上吧，电影过三分钟就要开始了。”

玛丽把毯子掉在了地板上，她拖着长长的音调沉重地说：“我想，我还是去睡觉好了。”

要睡着可不容易。不一会儿有一批人从红色的大山前驰骋而过。一会儿他们又坐到那种不入流的小酒馆里打扑克了……一会儿他们开枪把酒馆里的瓶子弄碎了一地，跟着一群女孩儿在那尖叫。一会儿通往二楼的楼梯又哗啦一声倒了下来……

玛丽最后被一阵喇叭声给吵醒了，她立马听出来，影片中那群勇敢的男士应该是来到最后一个堡垒了。他们或许用某种君子的方式和印第安人解决了冲突；或许，除去已经死了的人，剩余的人全都冰释前嫌了。此刻，电影里演奏起一曲《我亲爱的克莱门泰》，她恍然大悟，一直以来她喜欢的竟是这首曲子。

就在这时尤娜把电视机给关了，她还把录像带倒了回去。接着，她走去刷牙，刷完牙便躺下睡觉，一言不发。

玛丽问道：“好看吗？”

“不好看，不过我还是把它录了下来。”

“退一万步说，那首《我亲爱的克莱门泰》我还是挺喜欢的，”玛丽说道，“虽然每一次放的都是相同的旋律，但不知怎么的我觉得挺好听的。”

尤娜爬起来把窗户关上，防止雪飘进来。房间里头非常宁静。

玛丽趁睡着之前问了尤娜一个问题，她问她们能否再挑个晚上，重新看一遍那部 B 级西部片。尤娜说应该行吧。

在大城市菲尼克斯

尤娜和玛丽乘坐巴士在亚利桑那州颠簸了好长一阵子，终于在一个夜晚，她们抵达了大城市菲尼克斯。她们在离巴士车站最近的一家酒店下榻，酒店的名字叫做“马杰斯蒂克”，一栋诞生于1910年的大型建筑物，样子破旧又浮夸。大堂的接待处是一张用桃花心木做成的长形台子，上面还放着几盆积了很多灰尘的棕榈植物。大堂里面宽宽的台阶可以通往黑暗莫测的二楼，除了台阶还有一排硬邦邦的天鹅绒沙发——酒店里所有的东西都是那么宏伟壮观，只有那名前台职员是个例外，他的身体在他花环状的白发之下显得超级渺小。他把房间钥匙还有要填写的表格给了她们，然后说：“电梯过二十分钟就要关了。”

开电梯的人坐在里面睡觉，他比前台那个老头的年纪还要大。他把电梯按到第三层，然后又坐回了自己的天鹅绒椅子上。电梯像是一只带着青铜装饰的大笼子，运行的时候还发出“咯咯”的震颤声，速度无比地慢。

尤娜和玛丽走进了自己的房间，里头的家具着实放得有点多，所有东西都一动不动，很没有人气。她们行李也没打开就直接爬到床上去了，但她们没有马上睡着。各个画面在她们眼前掠过，沙漠、雪山、没有名字的城市、白色的盐湖，还有一两个她们完全不认识，只是短暂停留而再也不会回去的地方，这些通通在她们眼前交错变幻。她们的意识继续向前走，把经过的地方暂时抛在脑后。她们靠着银蓝色的灰狗巴士，度过了漫长的时间，一小时又一小时、一天又一天。

“你睡着了吗？”尤娜问道。

“没有。”

“我们可以在这里继续拍我们的电影。我已经盲拍一个月了，拍得什么样我一点概念也没有。”

“你确定透过车窗往外拍会好看吗？我觉得镜头移得太快了。”

“是是，”尤娜答道。过了一会儿她又说：“但是车窗外的风景很漂亮。”

她们暂时把电影放在一边，准备过几天再继续拍。

“这座城市怎么这么空空荡荡？”玛丽问道。

“空空荡荡？”坐在前台后头的那个老头重复了一遍，“我从不这么觉得。不过大部分人倒是住在郊外，他们上班的时候会开车进城来，下班再开回家。”

尤娜和玛丽一回到自己的房间，立马就发现房间被人动过了，变动很小但很彻底——这是她们与那名隐形的女服务员维瑞迪的第一次邂逅。维瑞迪在客房的存在感非常强烈，简直无处不在，尤娜她们的生活被她从头到尾改造了一番。这个维瑞迪一看就是个完美主义者，做法又非常无拘无束。她先是把尤娜和玛丽的随身物品按照对称的样式整理出来，样子有点滑稽；接着，她从行李箱里把纪念品掏了出来，将它们一个一个放到化妆台上，排成一个旅队，这架势不失一番讽刺之味。拖鞋要头对头地摆在一起，睡衣则要摊成像在握手一般。枕头边上放了几本她找出来的书——可能是她喜欢的书，也可能是不喜欢的——她还把她们从死谷捡回来的石头当书签用。这些难看的石头也一定把她逗得乐坏了。好了，房间现在有模有样了。

尤娜说："某人在和我们开玩笑。"

又过了一天，等尤娜晚上回酒店的时候，她们发现镜子上多了点小装饰品，那是她们买来的印第安纪念品。除此之外，维瑞迪还把她觉得该洗该烫的衣服都洗好烫好，然后叠成了对称的两堆。桌子中间插了一束仿真花，据尤娜她们回忆，这花之前也在前台摆过。"我很好奇，"玛丽说道，"她不会每个房间都这么弄吧？她是想讨我们欢心吗？还是就为了满足自己的心情？她每个房间都这么弄来得及吗？难不成她是想嘲讽一下其他的服务员？"

"我们等着瞧呗。"尤娜说道。

终于，她们在走廊里遇见了维瑞迪。维瑞迪块头很大，两颊红彤彤的，乌黑的头发好粗一把。她大声笑着说："我是维瑞迪！你们是不是很吃惊？"

"非常吃惊，"尤娜很有礼貌地回答道，"我们很好奇，你怎么这么活泼？"

"因为我猜你们俩应该是挺有趣的人。"维瑞迪说。

她们和维瑞迪之间的友谊就这样自然而然地开始了。维瑞迪每天都会兴冲冲地去找尤娜，她想知道尤娜的电影是不是快拍好了。不过照目前来看，应该还没好。要过整整一个礼拜，尤娜和玛丽才能到达图森，她们要在那里继续拍摄。

这让维瑞迪挺惊诧的。“为什么偏偏要选择图森呢？这个地方不是和其他城市一样吗？只不过，从地图上看的话，它离这里最近罢了。你们怎么就停不下来呢？一会儿这里一会儿那里，要不就是去别的什么地方，区别很大吗？瞧你们俩，活得好好的，身体又好，还有人搭伴。现在你们还有了我。你们倒真应该和住在这里的人见一见，要是能处得来，他们可都是非常有趣的人。”

“住在这里的人？”

“我指的当然是那些退休的人。你们不也退休了吗？要不然你们干吗要到马杰斯蒂克来呢？”

“胡说八道！”尤娜的言辞有点尖锐，她边说边往楼梯那走。

维瑞迪说：“你们不坐电梯吗？阿尔伯特喜欢别人坐他的电梯，我也正好要下去呢。”

阿尔伯特站起身来，按了按到底楼的按钮。

“嗨，阿尔伯特，”维瑞迪说道，“你的腿怎么样了？”

“左腿还好使一些。”阿尔伯特回答道。

“你这次生日准备怎么过？”

“我心里还没底。我最近一直在想这件事，一直在想。”维瑞迪走到前台的时候，她解释道：“阿尔伯特就要满八十岁了，他对这次的生日非常期待。你说他会请这里的所有人吗？还是就请他喜欢的人？这样子其他人会不会觉得很受伤呢？对了，你们今晚有什么娱乐活动吗？马杰斯蒂克的人都睡得挺早的……”

“我们可不会那么早，”尤娜说道，“不过这个城市一到晚上还真是又空又静，你知道的。”

维瑞迪略微严厉地打量了她一眼。“别把自己当个游客一样说话。我带你们去安妮的酒吧。你们先去，我工作完就来找你们。”

那是一间非常小的酒吧，样子细细长长的，最里头还摆了一张台球桌。酒吧由安妮一个人照看着。自动点唱机里一直放着歌。进来的客人擦肩而过时，都会互相打声招呼，仿佛一小时以前照过面似的。也许还真是这样。除了维瑞迪她们，剩下的客人里一个女的也没有。

维瑞迪说："你们先尝一尝香蕉饮料，这是安妮特别调制的，她请客，喝了记得要说喜欢。喝完了，你们就随便点好了，平时爱喝什么就点什么。安妮是我的朋友。她有两个孩子，单亲，孩子全自己带。"

"这杯我请你们，"安妮说道，"你们是从哪儿来的？芬兰？噢，我还以为你们那儿不给出国旅游呢……"她说话的时候正好有新客人进来，她转过头对他们笑了笑，过会又把头转了回来，顺便给尤娜她们又调了两杯香蕉酒，说是一定要为芬兰干一杯。

"安妮，"维瑞迪说道，"干杯的话，我觉得我们得喝伏特加，我说得对不对？"

这时有人点了首歌，叫《无名的马》，这歌在当时非常红火。安妮拿来三个小杯子，分别往里头倒满了伏特加。她把那三杯中特不起眼的一杯举了起来，迅速地和另外两杯碰了碰，然后就混到别的客人堆里去了。尤娜打开了磁带录音机，刚一打开，右手边一个戴牛仔帽的人便大声吼了一句："嗨！安妮！她们在偷我们的曲子！"

"她们是喜欢那首曲子！"安妮也吼了回去，"你那份工作怎么样了？"

"没什么说的。你那几个孩子身体还好吗？"

"还行。伟利咽喉痛，约翰也快了。现在想找个带孩子的人是没指望了……"

吧台这里已经有点拥挤起来了。

"给这两位女士留点地方！"安妮大叫道，"她们是从芬兰来的。"

维瑞迪把头转向那个戴牛仔帽的人，告诉他说："这两位是我的新朋友，她们干了很多新奇的事，城外头很多地方都去过了。她们为了去看那个仙人掌花园，还走了很多路。这你想得通吗——就为了从来不会开花的仙人掌，那破地方居然还要收门票！"

"很糟糕，"那个戴牛仔帽的人悲凉地说道，"全是杂草。我上个礼拜给罗宾逊家清理掉一大堆。报酬也不怎么高。"

"我给你们看点好玩的东西，"坐在左边的伙计说道，"看，这个小玩意精致吧？应该是卖疯了的，可实际上没啥销路。"他把三个塑料小狗放在吧台上，一只粉的，一只绿的，一只黄的。小狗们肩并肩开始行军走路，领头的是那只绿色的。玛丽看看尤娜，只见尤娜摇了摇头，她意思是：不，他不是想推销这几只狗，只是想逗我们开心。

拥挤的人群、自动点唱机、放在酒吧里的台球桌用帘子隔了开来；在安静的对话中突然响起一声大笑——为了反驳或是解释特意抬高了嗓门；酒吧里一直有人窜进来，想方设法搞到了座位。安妮好像发了疯似的忙个不停，但她其实一点都不紧张。她的微笑是用来送给自己的，她的匆忙也不是因为没有时间。

她们后来离开了酒吧，想回酒店去。宽阔的马路空无一人，很少有窗户亮着灯了。

“仙人掌花园，”玛丽大声地宣布道，“这没什么可笑的。那可是一个投入了很多心血、很多爱的花园！那里的地面除了沙子还是沙子，每个植物都带刺，颜色也全都灰灰的。它们要不就是高得和雕塑一样，要不就是小得需要在周围支起个屏障，防止别人踩踏它们。每一株植物都有一张自己的名卡。那是一个勇敢的花园。”她又添了一句：“维瑞迪，你也很勇敢。”

“你是说我？”

“你竟然能在这座城市和这家酒店待得下来。”

维瑞迪问道：“你们为什么要把所有事情都看得那么认真呢？仙人掌本身就喜欢沙子，要把它养大很简单，最后长出来的样子确实很漂亮。但名卡那玩意也太傻了吧！至于我，我过得很好啊。我在马杰斯蒂克结识了一大帮怪老人，他们爱玩什么把戏我全都一清二楚。我还认识安妮，现在又认识了你们，应有尽有。至于菲尼克斯，这地方只是碰巧能住一住，不是吗？这样想的话，我能在这座城市和这家酒店待下来，又有什么可奇怪的呢？”

她们走到酒店的时候，那位前台接待员醒了过来。

“维瑞迪，”他说，“你们得爬楼梯了，你懂的。电梯明天才能恢复正常使用。”

电梯被黑丝带蝴蝶结装饰着。她们走上楼梯的时候，维瑞迪解释道：“阿尔伯特在下午的时候去世了，就在二楼。我们这样也算是表达对他的敬意吧。”

“噢，我很难过。”玛丽说道，“抱歉。”

“根本不用抱歉，他现在也算是不用再为他那个生日操心了。尤娜，你那个电影什么时候搞定？”

“明天。”

“然后就要出发到图森去了吗？”

“没错。”

“图森市里可没有安妮的酒吧了。我听说过一些那里的事情，不太好，真的。”

尤娜她们一到房间，就看见好多鞋子一双双朝门口纵队排着，所有能找到的鞋子都给找了出来。花瓶也被倒了过来。窗帘拉了下来，行李箱敞开着。维瑞迪的心情可真是毫不掩饰。

到了第二天，尤娜的电影该要搞定了。她用杂货店老板提供的屏幕看了她拍的东西，那是她坐在巴士里头、穿越亚利桑那州的时候拍下来的。屏幕被放在柜台上，这台小机器是专门用来方便游客的。影片放映的时候，尤娜和玛丽始终都没有说过话。太可怕了。一幅幅快如闪电的画面在她们眼前掠过，根本就什么都看不懂。画面被电线杆、树枝还有栅栏割裂成一块块碎片，景色也好像倒了下来。慢慢地画面又重新浮现出来，但依旧“嗖嗖嗖”地闪得很快，完全看不懂。

“谢谢，”尤娜说道，“我觉得已经看够了。我这部相机其实没有用很久。”

他对她回以微微一笑。

“那个大峡谷，”玛丽说道，“我们不能去看看吗？就看一眼，求求你了。”

黎明时分，大峡谷在一片火红色光环中来到了她们眼前。

尤娜一直稳当地提着相机，等待着时机的到来。画面非常漂亮。

拍完她们就回酒店去了，正好在走廊上又遇见了维瑞迪，她立马问："好看吗？"

"非常好看。"玛丽说。

"你们确定明天要去图森？"

"确定。"

"图森是个很恐怖的地方，相信我，那边没东西可拍的。"维瑞迪把身体背对过去，然后继续在走廊里走着，她的吼声越过肩膀传了过来："我们今晚在安妮那儿见！"

在安妮的酒吧里，一切还是和往常一样。那群老顾客依旧在那里坐着，漫不经心又友好地打着招呼。她们也和上次一样，免费喝了一杯香蕉特调。打台球的人们正在激烈交战着，自动点唱机里还是放着那首《无名的马》。

"这里还是老样子。"玛丽边说边朝维瑞迪微笑。但是维瑞迪根本没心思聊天。那个带塑料狗的男人也仍然在老位置坐着，绿色、粉色还有黄色的小狗肩并肩地走到了吧台上。"把它们带着吧，"他说，"要是感觉时间过得很慢，拿它们打打赌、打发打发时间挺不错。"

回家的路上维瑞迪说道："我忘记问安妮了，不知道她家的约翰是不是也犯了咽喉痛。你们明天是几点钟的巴士？"

"八点。"

走到马杰斯蒂克酒店门前的时候，一辆救火车从空荡荡的街道上呼啸而过。这个晚上风很大，但天气非常暖和。

维瑞迪说："我们要现在就说再见吗？算是给这段回忆画上圆满的句号。"

"好。"尤娜说。

回到房间以后，尤娜打开了录音机。"听听这个，"她说，"我想应该不错。"

录音机里传来自动点唱机的声音、叽叽喳喳的聊天声、安妮具有穿透力的说话声、台球的碰撞声、收银台机器的叮当声。安静了片刻后，接着又传来她们在大街上的脚步声、救火车的警报声。最后是一片寂静。

"你哭什么啊？"尤娜说。

"我也不知道。可能是那辆救火车……"

尤娜说："我们可以到图森的时候给维瑞迪寄一张漂亮的明信片，给安妮也寄一张。"

“图森那边根本就没有什么漂亮的明信片！那个地方很讨厌！”

“那要不我们在这里继续待一阵子？”

“不必了，”玛丽说道，“已经过去的不能重来，那样不是真正的结尾。”

“好好，我的大作家。”尤娜一边说一边把明天要吃的维他命丸数了数，然后放在了两个小玻璃杯里。

瓦迪斯拉夫

那年的雪来得很早，十一月底的时候已经下起了暴风雪。玛丽那天要去火车站接瓦迪斯拉夫·莱尼维茨。他的旅行从罗兹出发，途经列宁格勒。为了这趟旅行，他在出发前筹备了好几个月。他把申请表、推荐信还有调查材料都整理好了，为了把材料交上，他跑了一个又一个部门，这些地方都不太可信，批复得非常慢。他越等越焦虑，这从他给玛丽写的信里也看得出来：

“我非常绝望。那群笨蛋一点不明白，他们耽误的人究竟是谁——那可是他们口中的木偶戏大师！算了，我亲爱的朋友，虽然我们不认识，但既然都要见面了，不论如何我们都要好好聊一聊，谈谈什么是‘艺术’的真谛。别忘了认出我的暗号，我会在纽扣孔里放一朵红色康乃馨！再会！”

火车在这时进站了。他站在那儿，在最早下车的一群人中。他的个子瘦瘦高高，身上穿着一件黑色的风衣，头顶没有帽子，白色的发丝随风飘动。就算没有康乃馨，玛丽也能认得出，这就是瓦迪斯拉夫，一个超古怪的家伙。他看上去真的好老，年纪应该很大，这让她吃了一大惊。因为瓦迪斯拉夫写的信，无论怎么看，都像是出自一名激情澎湃的小伙子之手，信里面充满了夸张的形容词。他会因为她写的区区几句话就感到难受；要是她少写了什么，他也会难受。这种种行为都让人十分困惑。他时不时会提到“口气”的问题，他说玛丽的口气一直都不对，说她没有百分百地投入到他们的合作中。每次起了什么误会，他都要巨细无遗地剖析一遍。总之，他们之间要像水晶一样透明！那些信现在正躺在门厅的地板上，信封上用非常大的粗体字写着她的名字和住址。

“瓦迪斯拉夫！”她大声喊道，“您来了，您终于到这儿来了！”

他跨着大步，灵活地越过了站台。他走过去小心翼翼地放下了自己的旅行箱，接着在她面前跪了下来，膝盖浸在雪地里。他的脸是如此苍老，眉头紧锁着，大大的鼻子凸在脸上。让人惊讶万分的是，他那双黑色的大眼睛似乎一点都不失年轻人的光彩……

“瓦迪斯拉夫，”玛丽说道，“我亲爱的朋友，我求您了，站起来吧。”

他打开皮包，把一捧红色的康乃馨撒在她的脚边。风将花吹到站台上，玛丽弯下腰想把花儿都捡到一块儿。

“别，”瓦迪斯拉夫说道，“让它们去吧。它们就该散落在这个地方。这是给芬兰传奇的一份礼物，是瓦迪斯拉夫·莱尼维茨来过这里的证据。”他站起身来，一只手拿着皮包，一只手伸向了她。

“抱歉，”一个戴着狐狸皮帽子的妇女正好路过，她说道，“不好意思，你们不会真要把这些美丽的花朵留在雪地里吧。”

“我不是很清楚，”玛丽尴尬地回答道，“您真善良，还来提醒我们……可我想我们该走了……”

玛丽开了门。“欢迎。”她说。

瓦迪斯拉夫放下皮包，动作依旧非常小心。他对他进入的这间房间似乎完全不感兴趣，几乎没有朝四周扫过一眼。他也不肯脱掉他那件黑色长风衣。“给我几分钟时间，我得给我的大使打个电话。”

通话的时间不长，但是对话非常激烈。玛丽听出了他语气里的失望，挂电话的时候，他的口气相当傲慢不屑。

“我亲爱的朋友，”瓦迪斯拉夫郑重地说道，“您可以拿走我的风衣了。现在的情况是，我要在这儿落脚了，和您待一起。”

下午的时候，玛丽穿过阁楼跑到尤娜那边。“尤娜，他已经到了。他整个旅途中，一口东西都没有吃过。现在他情绪很低落，所以也没什么胃口。不过，冰淇淋的话，他倒或许……”

“你先冷静下来，”尤娜说道，“那他现在住到哪里去呢？”

“住在我家。让他住酒店肯定不行，他看不起那种地方。还有，你知道吗，他起码得有九十岁了。但他说他特别想在晚上和我聊天，聊聊艺术！他每天都只睡几个小时！”

“这点我相信，”尤娜说，“会一点点好起来的。你喜欢他吗？”

“超级喜欢。”玛丽说道。

“那好。不管他吃不吃，我还是出去觅点食来，再带个冰淇淋，一会儿给你们送过来。再给你们带两块牛排吧。他到晚上应该会想吃点东西的。”

“你可别按门铃，千万别，东西放在门外就好了。对了，我这边的土豆也吃光了。”

瓦迪斯拉夫和玛丽一边吃着冰淇淋一边喝着茶。

“跟我说说您的旅行吧！”

“糟透了，”他突然大喊起来，“脸，脸——还有他们的手！没有表情、没有涵义。这些素材我都不需要，我全都会做。怎么在脸上塑造出一个极具表现力的表情，如何用一些简单细微的表情，就让牵线木偶的样子变得恶心，这些我通通知道。我珍贵的朋友，您是给我画了一些人物没错，但请原谅我这么说——您画的那些东西都像哑巴一样，不会和我交流。您画的那些手没有传达给我任何信息。不过我已经赋予了它们新的生命，我把它们拿过来改造了一下，给它们注入了新的活力！”

“噢，嗯，”玛丽说道，“但这样一来，它们就不再是我的作品了。”

瓦迪斯拉夫没有在听，他接着说：“您对剧院，还有木偶剧院怎么看？生活，猛烈又粗暴的生活，是剧院，剧院把生活中最本质、最不容置疑的部分提炼了出来。听我说，我想到了一个主意，一个大主意里的冰山一角。我要好好想一想，感受一下。我要把这个主意继续想下去。”他跳了起来，在房间里走进走出，步子很大几乎像在跳舞一般。“别，什么都别说。我发现了什么来着？我发现了童话故事中的一块玻璃碎片，一个笨拙的童话故事，我把它称作‘芬兰传奇’。我要让这块玻璃碎片像钻石般闪耀！还有茶吗？”

“暂时没有。”玛丽冷冷地回答道。

“您应该用那种专门的茶壶来煮茶。”

玛丽把炖锅装满水，按下了炉灶上的按钮。“这要烧一会儿工夫。”她说。

瓦迪斯拉夫郑重地说道：“我不喜欢您的口气。”

“根据合同，”玛丽开始认真说道。但一眨眼工夫就被他打断了：“您让我大吃一惊，您居然和我提合同，居然和我说这种令人恶心的琐碎之事，作为一名艺术家，这种事情我从不在乎！”

她大吼道："听我说！我的作品应该受到肯定！不管怎么说，它们是我的，至少曾经是我的。对了，我到底该什么时候开始做晚饭？"

瓦迪斯拉夫继续在房间里来来回回地踱着步子。终于，他开口说道："您什么都不知道，都快七十岁的人了，居然连一些起码的东西都没学到。我今年九十二岁，这是不是能告诉您点什么？"

"这告诉我，您为您九十二岁的年纪感到相当自豪！您根本不懂得尊重这份工作，这工作不是单单您一个人的！"

"精彩！"瓦迪斯拉夫大声吼道，"您是会生气的！好，非常好。可是您却没有在作品中注入丝毫的愤怒之情，也找不到别的什么情感。我告诉您，它们就是一群哑巴！叫它们童话故事的人物也好，白痴也罢，您画得很好看，但请您看看它们的眼睛，看看它们的手、它们那可怜巴巴的爪子！等下，我拿给您看。"说完他便过去开始翻他的包。

在一堆袜子、内衣裤、照片和形形色色、各式各样的个人物品中，藏着无数个小盒子。每一个盒子都是用柔软的棉花做的，外头还用塑料带缠着。

"看这儿，"他说道，"我做的手。您该趁还学得进的时候多学点。您用手碰碰看我做的这些脸，亲身感受看看，这样您能学得更多。看见了吧，这些轻盈的线条和一般的雕塑风格完全不一样。这些茶杯先拿走，桌子上所有东西都拿走，腾出一个干净的地方来。您的茶实在是太淡了。”

一只又一只手从盒子里取了出来，通通放到了玛丽的面前。她就这样静静地端详着它们。

这些手美丽得难以置信。害羞的手、贪婪的手、不情愿的手、恳求的手、愤怒的手、充满怜爱的手，她一个一个地把它们举起来看。

天色已经很晚了。玛丽终于说了一句话：“嗯，我明白了。”她停顿了一会儿，又接着说道，“这里面什么样的手都有。还有表达同情的手。瓦迪斯拉夫，我能问您一件事吗？这次长途旅行，您在火车上遇到了好多手和脸，您把那叫做素材，可您一个都不用，不觉得可惜吗？”

“不觉得，”瓦迪斯拉夫回答道，“我没有时间了。而且那些素材，我全都会做，这我不是和您说过了嘛。我自己的脸我给忘了，不过也已经用过了。”

玛丽走过去把烧茶的火给关了。“也就是说？”她问。

“我必须要创造新的表情出来，用我的智慧和敏锐的观察力去创造。死亡的脸我一直没用过，每次都做得不够好，总是一看就看出来了。忘了是男的还是女的了。不管怎么样，这对我来说是个挑战，我很感兴趣。您对死亡有什么见解吗？您脑海中的死亡是什么样的呢？以前有经历过亲朋好友的亡故吗？”

“瓦迪斯拉夫，”玛丽说道，“您知不知道现在已经是半夜三点钟了？”

“这没事。我们必须得利用晚上的时间。我的朋友，我感觉您没有很认真地琢磨过死亡的面孔。您知道为什么吗？因为您从来没有用浑身的力气来生活过，从没坚持那么做过。您也没有拿出和时间赛跑的力气来生活过，没有抢在时间前头行动过，更没有看不起时间过。而我，每分每秒都是醒着的。即使在短短几小时的睡眠中，我仍然在工作着，一刻不歇。没有东西可以被漏掉。”

“是，瓦迪斯拉夫，是，”玛丽说道。她现在非常累，累得已经跟不上对方说的内容了，整个人陷入深深的疲倦之中。她评价说他过去一定非常英俊。

他一本正经地回答道：“那是。我以前英俊的时候，路人都会在大街上停下来，转过头来看我，我还听到他们在说：

‘这世上不可能有这么英俊的人吧！’”

“你听了一定非常高兴。”

“是的。我很喜欢听这话，忍不住地喜欢。不过，这类事情把我很多工作时间给挤掉了，这也是理所当然的。我任凭感觉来支配行动，把好多用来观察的时间都浪费了。这种情况发生过很多次了。”瓦迪斯拉夫沉默了很久，又接着说道，“现在我们或许该考虑考虑吃饭的问题了，吃了饭这一天也就圆满结束了。您是不是提到过牛排什么的东西？”

四点钟的时候，晨报从信槽里投了进来。

“您累吗？”瓦迪斯拉夫问道。

“嗯。”

“那我就不再说那么多了。就一件事，就现在，我亲爱的朋友，请全神贯注地听我说。其实很简单：不要觉得疲倦，永远不要变得兴趣索然，不要对生活漠不关心，更不要丢掉您那宝贵的好奇心——因为那样子的话，就等于是让自己去死。这事很容易，对不对？”

玛丽注视着他，对他微微一笑，但却没有开口回答。

瓦迪斯拉夫拿起她的手，放在了自己的手里，他说：“我们就还剩两个礼拜的时间了。我们有好多事要谈，不得不谈，但时间不多了，谈不完了。不必感到苦恼，我们可以用晚上的时间来弥补。不过现在，我们该睡了。如果你醒来的时候，发现我不在，不用惊讶，我只是习惯早晨要出去散散步而已。这个地方乍看上去,挺有乡土气息的,但它却是个靠海的城市。花店一般几点开门呢？”

“九点，”玛丽说，“对了，我开始慢慢喜欢上红色了。”

烟　花

“在找眼镜吗？”尤娜忙着工作连头也没抬。过了一会儿她又说：“你所有的口袋都找过了？我最后一次看到它是在浴室里。”

玛丽一言不发，她从工作室走到资料室，又从资料室走回工作室，接着又走到卧室和前厅里。

“你告诉我你在找什么？”

“哎呀，几张纸，一封信，不怎么要紧。”

尤娜站起来，她走进资料室，朝桌子底下看了看。那里有几张写满了字的亮蓝色纸片。

“她正反两面都写了字，而且没编页码。”玛丽解释道，“你有时间和我聊一聊吗？”

“没有。”尤娜很客气地回答道。

玛丽把她的纸理成一堆。

“好吧，她到底想干吗，”尤娜接着说道，“你简单扼要地说吧。”

“她想知道生活的意义是什么，”玛丽说道，“问得挺急的。”

尤娜坐了下来，等玛丽继续往下说。

“她觉得我对生活比较有经验，年纪也大了，应该懂这些事情。我该怎么和她说呢？”

“那，她自己多少岁数了呢，我说那个写信的人？”

“她年纪不大，五十岁不到吧。”

“可怜的玛丽，”尤娜说道，“你就说你不知道好了。”

“我可不能这么说。如果我说，生活中最重要的事情是工作，估计她接受不了，因为她很讨厌自己的工作。”

“她叫什么名字？”

“林妮亚。”

"'爱情'呢，你和她简单地说说看？"

"也不行！她根本就是一个人过日子，没有人爱她。"

"那她爱别人吗，就没有人要她关心要她照顾吗？"

"据我所知是没有。"

"她读报纸吗？对世界上大大小小的事情感兴趣吗？"

"我猜应该不感兴趣吧。你现在是不是要问她有没有什么兴趣爱好，很可惜她没有，而且她也没有宗教信仰。"

"像她这种问题，"尤娜说道，"每分每秒都有人在想，会不停有人来问你的。这个生活的意义，你现在把你能想到的，全部用笔一次性写下来，然后再复印一份。下次再有人问，你就可以派上用场了。我很同情你，不过这个林妮亚你还是靠自己解决的好。"

"你这个主意太好了，"玛丽激动地惊呼道，"太谢谢了。要是没人叫我烦这些事，要是我不用处理这种来信，我和她连面也没见过，以后也肯定不会见到，什么生活的意义，我压根不会去注意。我要像你这样，有人帮你写感谢信、慰唁信，帮你把各种不想去的邀请都礼貌地回绝掉，那我就哈哈大笑了！"

尤娜背对着玛丽站在窗边，她正欣赏着外面的景色，她说："说得很对。是，是。先别怨声载道了，你过来瞧，港口在迷雾的笼罩下变得很好看。"

港口确实很漂亮。黑漆漆的航道在冰面上纵横交错，一直延伸到最远的埠头那儿。埠头那边停着好几艘大船，有点看不太清。

"怎么这么荒凉，"玛丽说道，"尤娜，你现在还是帮我出出主意吧。我要不，写写看那种小事？就是发生在身边的那种，很不起眼的小事……"

"你指的小事是？"

"哎呀，就比如说，春天又要来了？或者就是买点样子可口的水果，把它们精心摆到一个碗里……或者，一场暴风雨正在慢慢靠近……"

"我觉得林妮亚不会喜欢暴风雨吧。"尤娜大声说话的时候，远处的港口突然无声无息地放起烟花来。紧接着，冬日的天空中绽放出五颜六色的花朵来，它们在天空中停留了几秒钟之后便徐徐落下，但马上又有新一轮的彩色玫瑰花在天空中出现，一轮又一轮，画面非常富丽堂皇，在迷雾的笼罩下稍许有些朦朦胧胧。托雾气的福，烟花被蒙上一股更神秘的气息。

尤娜说："我估计是国外来的游轮为哄客人开心而放的。这烟花距离咱们好远。看这朵白色的……港口那儿现在已经是漆黑一片了，白色的那朵最好看。"

她们本想再等下一束烟花，可却什么也没等到。

"我想我该回去了，我还得再工作一会儿，"尤娜说道，"别搞得一副忧心忡忡的样子。说不定你的那位林妮亚也在看这场烟花表演，说不定就又有精神了呢。"

"她不可能看的！她家的窗户看出去是一个很阴沉的院子。她邻居家的窗户看出去，倒正好能把整个港口尽收眼底……"

"邻居？"

"对，就是一个不停在唠叨自己要做点什么，要穿什么衣服，要买什么东西吃，要怎么申报税款，要干吗干吗的女人。"

"这样啊，是真的？"尤娜惊呼道，"这人非常有特点。我倒觉得这说明她对生活投入了很多爱。我在猜想，说不定你那位可怜的林妮亚，还真瞟了一眼那些烟花，说不定她日子过得不错呢。你现在就给她回信吧，这事也这么解决了。"

玛丽坐下来开始写信。等写好了以后，她又回到了工作室，她问尤娜能不能让她大声读一下她写的东西。

“最好别念。”尤娜说，“你的浓缩果汁放在厨房的柜子里了，走的时候拿上手电筒，阁楼的灯不行了。你是明天去邮局吗？”

“嗯。要我帮你把包裹捎过来吗？”

“我晚点自己去拿好了，它们太沉了。不过你能不能顺路帮我买点番茄、奶酪，还有洗衣粉来？还有芥末酱。我把它们列在一张单子上了。还有，记得穿暖和一点，天气预报说明天要降到十度。那张单子别弄丢了。走在马路上的时候小心点，外面路会很滑的。”

“是是是，”玛丽说道，“我知道，我知道。”

往自己的卧室走的时候，玛丽像往常一样在阁楼里逗留了一会儿。她看着窗外的港口，心不在焉地想着那位对爱一无所知的林妮亚。

关于墓地

有一年玛丽和尤娜搞了一次大旅行，那次玛丽突然对墓地很感兴趣。无论她们走到什么地方，她都要弄清楚墓地在什么方位，没看到墓地前，她整个人都坐立不安。尤娜对她这个怪癖感到很吃惊，不过她想，这只是暂时的，上一次她们一起旅行的时候，玛丽特别爱看蜡像馆，这股劲儿后来也没持续很长时间，所以这次尤娜就随她去。她非常顺从地跟着玛丽，在守墓人居住的城市里一条街一条街地走，那些城市都很安静，打扫得也很整洁。她拿着摄像机东拍一点西拍一点，但她实际上对这种静止不动的东西一点都不感兴趣。那阵子天气非常燥热。

“这里确实挺漂亮的，”尤娜试探性地说道，“不过我们家那边的墓地要漂亮得多啊，也没见你去看过。”

“不想去，”玛丽说道，“那边葬的人全是我们认识的，这边的可要古老多了。”接着她就把话题转到其他事情上了。

玛丽要找的墓地都已经荒废了，周围杂草丛生，可她却偏要在那儿待很久。各种植被杂乱无章地生长在这片神圣的土地上面，它们放肆地在这里嬉戏玩耍，玛丽对此非常满意。

这块地方和伊尔桑德岛给人的感觉一样，能让人彻底静下心来。伊尔桑德岛面朝大西洋，像是整片陆地上最凸出的一颗宝石。那边的墓碑都深深地沉在沙子里，海风拂来的沙子慢慢堆积起来，又不断地被海风吹散。经过海水和海风的冲刷，她们好不容易才能辨认出墓碑上的碑文。

“庞贝古城去吗？”尤娜建议道，“那边整座城都是块墓地，空得要命，全是无名墓。”

“不去，”玛丽说道，“那边一点都不空。他们一直留在那边，到处都是。”

后来她们去了科西嘉岛，又去了维基奥港，尤娜说：“我们要不就坐巴士旅行得了，这样我们就不用为了过夜而去住酒店了。”她观察了一下玛丽的神情，又补充了几句：“好好好，都听你的。我们去看墓地。”

这里的墓碑上都贴有逝者的照片，照片里的人目光呆滞，周围还有一圈假花装饰着。

回到酒店的房间后，玛丽想作点解释：“太恐怖了……他们好像永生永世都活着一样。”

尤娜把地图还有巴士时刻表摊到面前的桌子上，她一边作着记录，一边在思考盘算着什么。当玛丽又一次说起恐怖的字眼时，尤娜把记录的东西一扔，她大声喊道：“恐怖、恐怖！那些人死了就死了，你能不能像个正常人说话，能不能做个正常的旅行伙伴！”

“抱歉，”玛丽说道，“我自己也不明白我现在是怎么了。”尤娜接着说道：“过段时间就好了。会好的吧。”

傍晚的时候，尤娜跑到维基奥港的城郊那儿，她要在一条狭窄的街上摄制她的电影。因为天气实在太热，所有的门窗都大开着。夕阳正在落山，洒下来的光是金红色的。尤娜把街道上正在玩耍的孩子们拍了进去，能拍多少是多少，要是孩子们发现她在拍电影，大家都会蜂拥过来，在她周围扮小丑，这样拍出来的就不自然了。

“什么都没拍到，”她说，“太可惜了，光线那么好。”

尤娜刚把她的柯尼卡塞进相机包里，一个小男孩跑了过来。他拿出一幅自己画的画，问尤娜能否把这个也拍进去。

“当然可以了，”尤娜努力做出一副很友好的样子说，“你一边画我一边拍。”

“不是，”男孩说道，“就拍这幅画就好。”说完他便把画举到了她的面前。这幅素描是用粗头水笔画在一张纸板上的，纸板可能是从硬纸板箱，或者别的什么东西上撕下来的，画的内容让人印象十分深刻。

“这是一个坟墓。”男孩子说道。

这幅画画得很真实，坟墓上的十字架、花圈，还有在哭泣的人们，都画得非常清楚。更有趣的是，男孩还把那口躺在黑土地下的棺材画了个横截面，棺材里躺着个人，牙齿也露了出来。整幅图看上去令人毛骨悚然。尤娜把它拍了下来。

“太棒了，”男孩说道，“现在他肯定再也回不来了，我只要确定这点就好。”

突然有一位妇女从自己家的台阶上冲了出来，对男孩大吼道：“进来，”她说，“别再没完没了地搞那些蠢事了！”说完，她把头转过来对着尤娜和玛丽，说：“请原谅托马索，他总是画相同的画，这事过去有一年了。”

“那是他的爸爸吗？”玛丽问道。

“不是不是，那是他那可怜的兄弟，他哥哥。”

“他们之间的关系很亲吗？”

“一点都不亲，”女士回答道，“托马索不喜欢他，一点都不喜欢。我也搞不懂这个孩子。”

接着，她便把男孩猛力地往家里推。快进屋前，男孩转过头来说：“我现在确定了，他再也不会回来了！”

她们后来从小巷走回了酒店，黄昏时的光线依旧红得那么热烈。

玛丽慢吞吞地重复着男孩子的话：“我现在确定了，他再也不会回来了……”

“我把红色的光拍进去了，”尤娜说道，“还有他举着纸板时的眼神，挺不错的。”

当她们抵达下一个目的地时，尤娜摊开地图，正想找一找这座城市的墓地在哪儿。

“不用找了，”玛丽说道，“我现在不太想去那个地方了。”

“怎么了？”尤娜问道。

玛丽回答说，其实她自己也不知道，反正就是觉得没必要去了。

尤娜的学生

有一年的秋天，尤娜招了一个徒弟。这个女孩子叫做米尔雅，个子挺高，人特别无精打采。她整天披着一件斗篷，头上戴着一顶艺术家式的贝雷帽。尤娜解释说，这个米尔雅很有天赋，但是要真做出成绩，起码先要学会尊重她的工作用具，这是要花上一段时间的。像现在，她用完印刷油墨就把它丢在盘子上，彩色油墨罐子的中间还被她戳出一个很深的洞，用好的棉花就和薄纱扔在一块，所有这些都是绝对不可原谅的行为。

“我只好从最开头教她了，”尤娜说道，“制图是门很严肃的学问，她什么都不懂，只会画几张还算有点天赋的图。”

玛丽问道：“她要和你一起共事多久呢？吃饭也在这里解决吗？”

“不用不用，喝喝咖啡就行了。偶尔给她做一两个三明治吃吃，她一天到晚喊肚子饿。这让我想到，我以前学画画的时候，也总是吃不饱。”

米尔雅来的那些天，尤娜除了应付她以外，啥事都不能做。玛丽帮不上忙，很是担心。当然，尤娜肯定是有教学天赋的，她曾经在艺术学院里教了好多年，是一位热情洋溢的老师，直到后来她厌倦了校园的一切，想自由自在地干点自己的事业。玛丽在想，不管怎么说，教学这份差事，她可是挺擅长的，她有这个真本事，而且她也喜欢教别人。她思忖着，她可以将自己的知识传授给另一个人，让这个人可以站在她的肩膀上闯出一番自己的事业……但如果学徒是像米尔雅这样的，喜欢穿件斗篷来附庸风雅的人，玛丽就有点犹豫了。有时候她会问问尤娜，教学工作进展得如何了。尤娜回答地相当简单，就说这孩子现在至少学会尊重铜版纸了，画完画还会开始收拾收拾东西了。

“你不用给她做饭的吧？”

“不用不用，这个我和你说过的，喝喝咖啡就够了。”

有一次玛丽挑错了日子，她想跑去找尤娜借一副钳子，走进去正好撞见那师徒俩在茶歇。桌子上摆了两种沙拉、一块卡门贝干酪还有几块小肉馅饼。尤娜和玛丽本来安排在第二天吃的牛排也被放在了餐盘上，还切成了很优雅的条状，周围用西芹装饰了一下。这还不算，尤娜居然还在桌子上点上了蜡烛。她们在那喝着咖啡。玛丽一口都没碰那些吃的，以此来表达她的不快。米尔雅表现得非常寡言少语。不知不觉她开始用铅笔在餐巾纸上画起画来。

“这画的是什么？”玛丽问道。

“一张草图。”

“啊哈，草图啊。这让我想起来我以前在艺术学校读书的时候，所有人都喜欢跑到角落里去喝咖啡，她们坐在那里，手抓着香烟盒，抓着抓着突然说自己有了灵感。看来这一切都没有变，真好。”

尤娜转过头对米尔雅说：“你挺喜欢我做的沙拉对吧？要不要带点回家？”

尤娜把沙拉装进了塑料盒里，除此之外，她还给米尔雅带了半块干酪和一罐子覆盆子果酱回去。米尔雅走了以后，玛丽问道：“她从来都不笑一下吗？”

“是啊，不过她已经有点进步了。你要有耐心。”

玛丽说：“她要是继续这样下去会吃得很胖的。你瞧见她今天吃了多少东西吗？”

“年轻人容易肚子饿，”尤娜很严厉地说道，“我年轻的时候和她一样难为情。”

“哈哈，”玛丽说，“她不是难为情，她是根本连装一下友好的样子都不愿意装。她大概觉得这种闷闷不乐的样子比较像个艺术家吧。你能不能给我看看她画的作品？”

“现在还不行，她还在摸索自己的风格。”

后来几天，玛丽变得越来越生气了。三人份的咖啡已经成为一件习以为常的事情了，感觉特别别扭。即使这样，玛丽还是会忍不住跑过去，她要亲眼看看尤娜是怎么厚着脸皮溺爱她那女徒弟的。“米尔雅，今天外头挺冷的，你怎么不戴帽子呢？我和你说过了要戴帽子的，拿我的戴着吧。”“米尔雅，这张单子上是推荐你去看的画展。”“这份是那个沙拉的烹饪配方，你其实可以学着自己做做看。”“这里有几本关于制图技巧的书，你应该看一看……”曾经对周遭那么冷漠那么疏远的尤娜，现在居然一下子扮演起照顾人的角色来，这实在有点让人难以理解。而且，在玛丽看来，那个被照顾的人连起码的文明礼貌都没有，更别提什么亲和力了。

有一次，玛丽单独待在尤娜的工作室里，她翻转了一下米尔雅做好的铜版画，这竟成了不可原谅的错误。在此之后玛丽再也没动过米尔雅的任何作品了。

秋天还没过去，尤娜已经把自己的工作搁在一边了，她开始做起书架来，这东西她自己完全用不着。米尔雅还是定时过来，每次来还是一副吃不饱又闷闷不乐的样子。有一天玛丽发现，尤娜居然还给米尔雅吃维他命片，每天晚上尤娜都会把维他命放在工作台的一个瓶子里。

“我看到了，”玛丽郑重地说道，“你对你‘女儿’的健康照顾有加啊，你把它们放到我的瓶子里了。”

“我没放错，只不过和你的瓶子长得差不多罢了。你的维他命今天早上就吃掉了，别那么幼稚。”

她刚说完玛丽便径直从房间里走了出去，她关门的动作很慢很慢。自那以后，每到茶歇的时候，她再没有出现过。

这真是一个伤感的季节。

十一月的一天晚上，玛丽跑了进来，说，她想让尤娜帮她找一部最难看的电影看看，电影里头要出现凶杀的情节，最好多出现几次。尤娜在放录影碟的架子上找啊找。“这部片子相当恐怖，我以前都不敢给你看。”

“好。放吧。”

电影放完了以后，玛丽长长地吸了一口气，她说：“谢谢，我现在感觉好多了。最后一分钟，约翰逊居然变得那么感性，这点太奇怪了，一点都不像他的风格。还有那条无家可归的狗也有点格格不入。”

“这条狗放在电影里蛮合适的。约翰逊就做了那么一次违反自己本性的事情，这就让他付出了一生的代价。电影里头加入一点不合逻辑的桥段其实很好，要是他的手下在挣脱他之前，一直被他玩弄在股掌之间，那这情节也太简单了，反而拍不好。”

“他的本性就是喜欢掌控别人，”玛丽说道，“他天生就是做领导的料。我觉得他当时是冲昏了头脑，不过那帮喽啰没有他指导，真是啥事儿都办不成……对了，那些人后来怎么样呢？”

“不晓得，”尤娜说道，“他们自己看着办吧。对了，这只是一部B级片而已，我在想要不要把录像带给擦掉。”她边说边点亮天花板上的吊灯，“我今晚想看看书，不太想聊天了。”

在吊灯的照射下，工作室突然变得空旷起来，空旷得很诡异。

“你不会把房间打扫过了吧？”玛丽问道。

“没有。你没书可以看吗？我找出来几本书，你可以看看。有短篇小说什么的。”

工作室确实非常空旷。米尔雅的工作服也不再挂在她那衣架上了。

玛丽从拿来的几本书里挑了一本，她打开看了起来。这个夜晚，时间就在安静的气氛中一点一滴流淌着，也没人打电话来。除了街上的铲雪车在辘辘地行驶着，其他什么声音也听不见。

过了几个小时，尤娜突然说：“我想，我可能又要重新搞版画了。哎，这事情就只能想一想而已。”

“嗯，”玛丽说道，“只能想一想。”

“对了，”尤娜接着说道，“我以前年轻的时候，那时候还在艺术学校里，学期才过了一半我就出去干自己的活去了，这事我和你说过吗？”

“说过，你和我说过。”

“不管怎么说，这在当时算是挺轰动的一件大事了，简直是前无古人的！”

“我知道，”玛丽边说边把她看的书翻了一页，“记得你当时的那个老师吗，就是你的教授？他不就是一个很爱掌控别人的人吗？”

“玛丽，”尤娜说道，“你有时候说话真的太一针见血了。”

“你觉得我说话太直接了？但人是偶尔需要把憋在心里的话给说出来的。”

说完她们俩便继续看书去了。

维多利亚号

房间里有四扇窗户，因为大海从任何角度看，都一样漂亮。秋天已经越来越近了，岛上迎来了一群陌生鸟的拜访，它们此行是要向南迁徙，有时候它们会背着日光，交叉排列着从窗户里飞过，和它们在树林里飞翔时一样。那些死掉的鸟永远都是摊着白色翅膀躺在地上。尤娜和玛丽会把它们背到避风港那儿，再让陆地吹来的风把它们带走。

有一回，尤娜说："阿尔伯特在造维多利亚号的时候，他说过，船的舷弧和鸟翅膀上的线条一模一样，我现在明白这句话到底是什么意思了。”

岛上突然变得寒冷起来。整个早晨风越刮越大。维多利亚号停在海峡里头，她在波涛汹涌的海面上漂着，身上系了四根绳子。当然了，每次一遇到暴风雨天气，都要小心地看护她，但一年年过去，每年夏天要为她操的心却越来越多。

尤娜说：“我五月份的时候给她装了钩环。”

“这我知道，你还检查了她的绳索。”

“管它呢，反正他们说今天晚上风力会减弱的。”

可是这晚风力并没有减弱。什么样的天气是好天气？让人没法靠岸也没法出发，但却能把船从水里拖上来的天气，可以算是一个好天气。可惜，她们拖不动维多利亚号，那船太沉了。她停在海岸和碎浪的当中，岸边的海水对着船头涌来，而碎浪则从另一个方向冲过环礁湖拍打在船尾上。她和所有制作精良的船舶一样，有种特别的轻盈感，可以在海上翩翩起舞，不过现在可不是欣赏她舞姿的时候。

玛丽说道：“两个人都叫做维克多。”

“你说什么？”

“我说我们俩的爸爸都叫维克多。”

尤娜没有注意在听，她说：“你回家去取取暖，等轮到你了，换你过来看着她。”说完她站在原地，拼命守护着这条与海浪搏斗的船儿，一定有办法的——说不定这办法还特别简单。

等天色暗了下来，她们俩换了换位置，玛丽走到船这里来，尤娜则坐在家里负责画草图。关于起暴风雨的时候该如何保护维多利亚号这个问题，她每分每秒都能冒出新的点子来。手推车和桅杆，应该派不上用场。绞车呢，不行。拿一组吊杆来的话也没用。她不停地画啊画，到后来她把所有画的图纸都丢进火炉里。虽然丢了，但她脑子里还在盘算着新的办法，构思着一切不可能实现的草图。

黑暗已经神不知鬼不觉地悄悄来临了。玛丽除了海面上的泡沫几乎什么都分不清了。海水往东边流会碰上礁石，然后在礁石缝里变成瀑布，朝环礁湖横冲直撞；往西边就会碰上海峡，碎浪在那里沸腾。而维多利亚号就停泊在海水的中间，不东不西。

过了好一会儿，玛丽又回到了木屋里。

“怎么了？”尤娜说。

“太奇怪了，”玛丽说道，“进屋子以后，暴风雨听上去完全是另一种声音。我就是想说，它感觉像是有各种东西漂浮在一起，汇聚成一种拖得很长的哼唱声——记得有一回你想把这个声音录下来，可惜最后的成果只是一段没完没了的碎裂声……”

尤娜尖锐地问道：“她情况怎么样了？”

“我觉得，还不错吧。具体看不太清楚。”

“你对这个声音的研究，完全可以写篇文章什么的了，”尤娜说道，“不管你写什么，你好像都要把暴风雨给加进去。你艏艉线检查过了没？”

玛丽说道：“它们大概都沉在水下面吧，水位上来了点。”

她们俩面对面坐在桌子旁，没有说话。玛丽沉思着，我的爸爸是那么的喜欢暴风雨……只要刮风，他就会高兴起来，再也不会那么忧心忡忡。他会拉起斜杠帆，带我们出海……

尤娜说：“我知道你在想什么。你在想，过去为了让爸爸高兴，你们一直在祈祷着暴风雨的出现。他不是经常说吗，‘我现在要出去一会儿，我要去看看船。’但你也知道，他出去纯粹是为了看那波涛汹涌的大海！”

“这一点我们都很清楚，”玛丽说道，“彼此心照不宣罢了。”

尤娜继续说道：“你爸爸拖船的方式实在是一点技巧都

没有，像小孩子在闹着玩一样。我们要不要吃点东西……”

“不用了。”玛丽说道。

“现在再过去看她，是不是已经没有用了？”

“是没多大用了，做什么都无济于事了。”

尤娜问道：“我们是什么时候发现自己已经没力气帮她了的，是前几年吗？”

“也许吧，这也不是一朝一夕的事。”

“好像是你费劲把锚那儿的石头提上来那年。”

“差不多，”玛丽说道，“不过这样其实也挺有意思的。虽然身体没过去那么强壮，要提要滚都没什么力气了，但是我脑子里却冒出更多的新点子，全新的点子，你懂的。起重力、杠杆作用、平衡力，还有摔倒的角度，通通关于逻辑思维的点子……”

“是，”尤娜说道，“我知道，你喜欢把事情刨根究底。不过现在别和我谈什么起重力的问题。我们那酒瓶子里头还有酒吗？”

“还剩一点，我猜的。”玛丽跑去把朗姆酒和两个酒杯拿了过来。暴风雨那一成不变的哼唱声充斥着整个房间，声音持续不断像要把人催眠似的。房间似乎在颤抖着，她们俩仿佛登上了一艘大型汽船。

“他去过很多地方旅游。”尤娜说道。

“嗯，是的，他拿补助的时候老爱出去。”

尤娜说：“我说的不是你的爸爸，我在说我的爸爸。他以前和我们讲过关于他旅行的事情。我都分不清楚，他讲的哪段是编出来的，哪段是真的发生过。”

“这不是更好。”玛丽说。

“你别打岔……他还老是讲一些很恐怖很惊悚的事情，还会讲到暴风雨，但他其实从来没出过海。”

“这样岂不是更好。”玛丽说。

“你老打断我。每次他一扯远，就不知道该如何收尾，这种时候他就会说：‘后来就开始下雨了，所有人都回家了。’”

“不错，”玛丽说道，“很精彩啊，就是收尾才麻烦嘛。”她说完便走过去把奶酪和硬面包拿了过来，过了一会儿又继续说：“他倒不会和我们讲故事。现在仔细想一想的话，他和我们确实聊得很少。”

尤娜边把奶酪切成小块，边说：“我们还会一起去图书馆，他和我，就我们两个。这感觉就好像我待在了爸爸口袋里一样。”

“我懂。他很了解野蘑菇是在哪儿生长的，每次把我们带过去以后，他会点上雪茄，对我们说：‘大家给我采。’其实他更喜欢一个人采蘑菇。那种时候，他会把采好的篮筐藏到一棵云杉树下面。等到晚上，他会带上手电筒拉我们过去看。大半夜看蘑菇，这感觉你懂的——很吓人但又很奇妙。还有，他会假装忘记篮筐藏的位置……我们只好坐在门廊上清理蘑菇，一整晚都在干这事，就靠着煤油灯那点光……”

“那件事情你在哪张报纸上说过。”尤娜边评价边给她们俩的酒杯里倒上最后一杯酒，“他还是个老走私犯，把标签浸到水里去，我倒想把它保存起来。”

“他当真敢走私？”玛丽问道。

“当真，他什么事情都敢做。”

“那我的爸爸还蛮正常的。”玛丽沉重地说道，“你还记得禁酒的那段时期吗，那会儿有好多爱沙尼亚的伏特加漂到岸上来，所有人都跑到那里去捞。你知道他们怎么处理这些酒的吗？他们拿这些酒卖出了天价！但他可从来不这么做。我那时还很小，他让我跟着他一起去海滩那里找伏特加。这件事我一直没有忘记过。我们把那些酒坛子藏在水草里头。

他是个很爱冒险的人。”

“错了，”尤娜说道，“他才是冒险家，他们之间这点的差别可大了。”

“你是说你爸爸吗？”

“当然了，我说的就是他。你知道的，他以前挖过金子，砍过很大的红杉木，还修过铁路……你看到过他从诺姆那带回来的金手表的，上面还刻了字，他当时在那里负责看鱼。”

“是的，”玛丽说道，“一块货真价实的汉密尔顿手表。”

“正是，货真价实的汉密尔顿。”

雨不知什么时候下了起来，这情况不太妙，要是变成暴雨的话，维多利亚号一旦积水太多就会沉下去的，她再也不能在海浪上翩翩起舞了。玛丽想说点幽默的话来暖暖场：“后来就开始下雨了，所有人都回家了。”可尤娜并没有笑。过了一会儿，玛丽问道：“他从来都不会想家吗？”

“会想。不过他一回到家，又会想要出去。”

“我爸爸也一样。”玛丽说道。

雨下得越来越大，切切实实变成了倾盆大雨。

玛丽继续聊：“你知道他以前拿到补助的时候干什么事去了吗？他给自己买了一件男式大衣，就是那种宽松的大衣，衣服很新、很长，颜色是黑的。他不喜欢那衣服，他说这衣服让他感觉自己像座雕塑似的，他后来跑到希斯皮里亚公园，把那衣服吊在了一棵树上。”

她们听了会儿雨声。

玛丽说：“这样下去她会超重，不过我们出去也帮不上什么忙。”

尤娜说：“你别说了，这我都知道。”

大雨要是继续下个不停，船确实会超重，海水会从船尾那涌进来，船会和绳索一起沉入大海。这些她们心里都很清楚，但是她会沉得多深？会被海底的石头砸烂吗？就算外面下着暴雨，海底是不是反而比较安宁呢？海水到底有多深呢？有多少米呢……

尤娜问道：“你崇拜他吗？”

“当然了，当个爸爸也不容易。”

“我爸也不容易，”尤娜说道，“奇怪，其实他们心里的感受我们知之甚少。我们从来没关心过他们，也没有想过做点真正有意义的事情。总感觉没有时间，我们到底都忙什么去了？”

玛丽说：“我想，大概是都用来忙工作了。还要谈恋爱，谈恋爱很占用时间的。不过就算要工作、谈恋爱，真想关心还是可以关心的。”

“我们现在睡觉去吧，”尤娜说，“她应该熬得过。不管怎么样，现在再过去也为时已晚了。”

大风到第二天早上才开始变小。维多利亚号出水芙蓉般地躺在抛锚处，她光彩熠熠，仿佛什么事情都没有发生过。

关于星星

玛丽有个弟弟叫汤姆，他和尤娜相处的时候总是喜欢就事论事。他们很少在城里碰头，却经常在岛上见面。一见面就会谈很正经的事情。汤姆一般会开摩托艇过来，和尤娜聊一聊关于木材、专用工具的事情，偶尔还会一起讨论怎么修发电机。他们俩住的岛之间相隔三海里不到。通常情况下，机器都能修好。这让玛丽有一种安全感，她觉得生活中的绝大部分东西都还是能正常运转的。

汤姆开的摩托艇会在海面上溅起笔直的尾流，每当他回家时，玛丽都会站在岸上久久地凝望着他。六月的时候，汤姆住的小岛正好位于日落的中央。过了六月，太阳会移动到群岛后头，然后在更南面的地方下山。

有一回，发生了一件让人着实吃惊的事情，但绝对是真事——汤姆和玛丽打算移民到太平洋上的汤加去。由于当时台风肆虐，女王陛下的服务局通知他们，国家暂时没工夫来处理移民问题，他们俩既没有失望，也没有露出任何如释重负的表情来。后来汤姆和玛丽又找了一座靠北面的岛，他们在那里盖了个度假木屋，好多年来他们都去那儿避暑。汤姆想把屋顶弄成玻璃顶，这样他晚上睡觉前能看看星星，但窗户出了点问题，它漏雨。他们通过一则广告买了一架望远镜，可惜款式太老旧了，看出来的星星都不怎么大。

所有这些事情都发生在很久以前。

日子已经过到八月底了，太阳现在下山的方位在汤姆住的那座岛的南面，离得挺远的。海面上基本没有什么船了，只有在早晨和傍晚的时候，能看见渔民们出没，他们的船尾飘着黑色的三文鱼旗。不过汤姆为了解闷总是会开船出海，玛丽常在一早一晚看到他的船直冲入大海。

“尤娜，我和你说，碰到这种日子，我们以前经常划船出去的，我是说我和汤姆。每一个碎礁我们都要去，连最小的礁石都不会放过，越划越远。你从来不想去其他岛上面看看吗？”

“我们不是已经在一个岛上了吗？每个地方都长得差不多。我是不会把一整天的工作时间浪费在野营游玩上的。”

有天早上，汤姆过来借嵌装玻璃用的油灰，还有刷窗户的涂料。他带来了井水，还帮她们捎来了信。这是一封约翰尼斯写给玛丽的信。他给玛丽的信为数不多，这是其中一封。

“尤娜，”她说，“约翰尼斯要到这儿来，你记得约翰尼斯的吧？就待两天工夫。”

“我们的房子太小了，这你该清楚。而且帐篷也被风吹破了。”

“我知道我知道，但是他一点也不想住在我们的屋子里，他是要到一座荒无人烟的岛上去住，他打算睡在睡袋里头。他以前和我说过好多遍，但是一直没尝试。”

汤姆本想说点什么，但最后还是没开口。

尤娜说：“你难道不觉得约翰尼斯年纪很大，已经经不起睡袋折腾了吗？我们这里很快就要到秋天了，他准备什么时候来？”

“明天，”汤姆插了一句，“从城里坐11路车过来，他已经和商店打过电话了，我可以开船去接他。”

他们对此沉思了一会儿。

“你们有睡袋吗？”汤姆问道。

“当然有了，”尤娜一边回答，一边把装着油灰和涂料的罐头放在了篮子里，然后跟汤姆走到了他停的船那儿。他们一致同意，最荒无人烟的岛要属西博达岛，那边船也比较容易上岸。天气预报说后面几天都是晴天。

尤娜说：“我给他们打包点吃的。”

“太好了，”汤姆说道，“据我对他的了解，他估计都想不到这些事。回见。”

“拜。”

晚上的时候玛丽和尤娜讲了很多事，这些事尤娜很早以前就知道，只不过现在又变得重要起来了。

“你知道的，约翰尼斯和我曾经有过许多宏伟的计划，其中最大的一个就是要尝试过一次自然的生活，把所有不必要的东西都给剥去，我们打算住到一个山洞或者类似的地方去——靠自己找东西吃。我知道你要说什么，先别说出来。不管怎么样，约翰尼斯这个想法要比那些嬉皮士早多了！”

“这是五十年代时候的想法吗？”

“是四十年代末吧，我猜的。不过他一直没时间去实现那种自然的生活。那时候我们努力攒钱想买幢房子，那房子在法国南部，别人不要了。我们想请些搞写作的、画画的朋友过来住，满足他们想在自由自在的环境中工作的愿望。但每次我们一存了点钱，他就投到什么援助罢工的基金会里去了……一直以来，我们始终有去无人岛上生活的念头。”

“如果你去那种杳无人烟的岛上生活，那你睡在哪里呢？”尤娜问道。

“你动动脑筋，我说过了，睡在睡袋里。”

“他真的相信这些吗？”

“当然了！肯定的。不过就是一直没时间。”

“那他现在就有时间了？”

“没有，我估计没有。”

“希望这一切顺利，”尤娜说道，“不管怎么样，我反正给你们送点三明治还有咖啡来，再给你们带一两个食品罐头好了。他有没有什么特别喜欢吃的东西？”

玛丽立马回答道:“烘豆。还有他不喜欢咖啡里加奶粉。”

“很好，奶粉正好用光了。我去地下室看看。”

玛丽往斜坡那儿走了出去。

玛丽知道他想干什么。他想平躺在石南上面，整个秋天的晚上就躺在那看星星、听海浪，什么话也不说。可他就是一直没有时间这么做……希望这几天不要乌云密布才好。他有一回许诺过玛丽，说要去奥兰群岛上搭帐篷住整整一个礼拜的，她等啊等，等到的消息竟是他有很多编辑的活儿要干……她当时借了一辆自行车，骑了整整一个晚上。那是六月的一个晚上，天很亮，到处都是盛开的玫瑰。玛丽骑到了他妈妈住着的那个岛，她说：“哎呀，原来你就是约翰尼斯的朋友啊，进来喝点咖啡吧。”玛丽想她可以挑个时候再骑一次，他们不是常说嘛，那感觉就像游泳一样，忘不掉的。

玛丽和尤娜第二天早早地就醒了。天气很晴朗，但有点冷飕飕的。

“你确定不带汽化煤油炉吗？”

“不带不带，”玛丽说道，“我是要生篝火的，篝火是很重要的。”

海面上有一个黑点沿着笔直的路线正朝着小岛靠近，看来汤姆按照约定准时来了。但很快就能发现，那艘船里只有一个人。他跳上了岸，把船给泊好。原来约翰尼斯已经给商店打过电话了，他说他有很多文章要看，很遗憾不能来了，他很抱歉。

“噢，嗯，”玛丽说道，“没关系。”她说完就突然转过身去，朝屋子里走。

尤娜沉默了很久。

汤姆说：“你不是说要看看那批旧木材吗？去看看吗？”

于是他们走去木材那儿瞧了一瞧。有些木头只能砍一砍当柴火用，但还有相当一部分可以给汤姆，他能用来搭他的新码头。

尤娜说：“我这人挺搞笑的，我一直没真正搞明白过什么野营的事。你姐姐有时候爱胡思乱想。不谈这个了，你最近在忙点什么呢？”

“就拿油灰装装窗户。”

“你是不是很久以前用过睡袋？”

“噢，我估计这得有二十年了。”

等玛丽和汤姆开船去西博达岛时，尤娜一直站在岸上望着他们，直到船开到碎礁后头再也看不到了为止。风已经渐渐停了。

晚上的时候，她走到木屋旁的斜坡上。天空中找不到一朵云，没有东西挡着星星。

这真是一个美好的夜晚。

信

要精确地说出变化发生的时间点，不是一件容易的事，但尤娜就是变了。她身上肯定发生了什么事情。这种变化你不一定能马上察觉到，也没厉害到你得问她身体是不是不舒服、心里是不是很难过的地步——是，这个变化非常细微，而且难以形容，但它就是存在。不是愤怒、不是沮丧，也不是一种心照不宣的沉默感，玛丽知道尤娜正在沉思一些她不愿意说出口的事情。

她们最近只有在晚上的时候才见面，因为玛丽最近正好在忙着给书画插图，这项大任务让她又喜又忧。每次她到尤娜那边去的时候，晚饭都已经准备好了，她们和往常一样，吃饭的时候，会把书放在自己的盘子旁边，晚点的时候会看看电视。一切都是那么平静，和往常没什么不同，但不知怎么的，尤娜好像总是一副很疏远的样子，感觉灵魂在很远很远的地方似的。玛丽把盘子给放错了，餐布也忘了拿，可尤娜却一句话也没有说。住在隔壁的人开始在钢琴上弹奏起音阶来，她也没有一点反应。电台里在放约翰尼·卡什的歌，她也没在录像机里放任何磁带进去录制。太可怕了。等到晚上电影放完之后她还是一句话都不说，这可是雷诺阿导演的片子。她们面对面坐在资料室里，玛丽为了找点事情做，便随手翻起了尤娜的信件来，桌子上的信堆成高高的一叠。尤娜非常迅速地伸出手，把那叠信给夺了过来，然后把它们抱回了自己的工作室。

这时，玛丽勇敢地问了一句："尤娜，是不是有什么事？"

"你这话是什么意思？"尤娜说道。

"我觉得我们之间哪里出了错。"

"一点都没错。我现在在忙工作，我工作得挺好的。真的，我挺忙的。"

“是，我知道。我是不是做了什么事情让你不开心？还是有谁冒犯了你吗？”

“没有没有，我不知道你在说些什么。”尤娜打开了电视机，坐在位子上看着一档很无聊的节目，这种节目是专门逗观众笑的。现场总是坐了一大帮人，在那里笑个不停。

玛丽问道：“你要喝咖啡吗？”

“不用。谢谢。”

“饮料要吗？”

“不用。你想喝的话自己喝好了。”

“我还是回房间了。”玛丽说完停顿了一会儿，可是尤娜什么话都没回。

于是玛丽给自己倒了一杯饮料。她沉思了很久，然后用超级客气的口气说道，尤娜对她来说非常重要，重要到没有她生活完全过不下去的地步。

可是这么做却坏事了，彻头彻尾地坏了——尤娜突然从座位上起身，把电视给关了，所有难以捉摸、无以名状的感觉都消散了，她大吼道：“别那样说！你根本不知道你在对我说些什么！你在把我往绝路上逼。让我一个人静一静！”

玛丽大吃一惊，觉得非常尴尬。她们两个都很尴尬。过了一会儿，她们又用非常礼貌的口气和彼此说话。

玛丽说："我想我还是等明天再来洗碗吧，你应该不会很早起来工作的吧？"

"不会，应该要到十点以后才开始工作。"

"我电话就不打了，你应该把电话线拔了，对吧？"

"嗯，"尤娜说，"你有浓缩果汁吗？"

"有，我那儿有。那晚安了。"

"晚安。"

玛丽以为她会睡不着，但没想到一眨眼工夫她就睡着了，都没来得及想自己有多么不开心。直到第二天睡醒，她才慢慢想起来，自己的心情是多么糟糕，简直糟糕透了。她无休止地重复着尤娜说的每一个字，模仿着尤娜说话时的表情和语调——她太无情了，她怎么能说出那种话呢，为什么，为什么，为什么！她是要甩掉我。

玛丽冲到阁楼里，闯进尤娜的工作室。她想也没想就很不客气地大声吼道："你为什么想要甩掉我？"

尤娜盯着她看了一会儿，然后说："读读这封信。"说完便把信递到了她面前。

"我没戴眼镜，"玛丽生气地说道，"你读，你读给我听！"

接着尤娜就读了起来。信里说她获得了一个奖励，她可以租用一处在巴黎的工作室，租期为一年。工作室只能她一个人用。租金当然是非常低的。这么看来，这是一项国家级的荣誉了。要求她在十天内给个答复。

“天哪，”玛丽说，“就这样吗！”她坐了下来，努力整出一副很害怕的表情来。

“喏，你现在明白了，”尤娜说，“我不知道我该怎么做。我还是回绝掉吧，这样做或许最好。”

许许多多的可能性和不可能性在玛丽的头脑中迅速闪过：偷偷地住进去；或者在附近什么地方租个房子住；或者等插画的事情忙完了再过去，反正画个插画也用不了多少个月——她又抬头看了看尤娜，突然她明白了：既然尤娜开始忙工作了，那她确实需要一个安静的工作环境，整整一年是要的。

“我看最好还是回绝了算了。”尤娜重复道。

玛丽说：“别回绝掉，我想我一个人应该没问题。”

“真的吗？你真的这么觉得？”

“嗯。我自己也需要一段挺长的时间来画插画。我一定要把它们画好。”

“但不管怎么说，”尤娜非常困惑地说道，“插画的事情……”

“嗯，就这样办吧。这些插画我是一定要好好完成的，我需要时间。你可能还不明白它们对我的意义有多重要吧。”

尤娜惊呼道：“我当然明白了！”然后她开始滔滔不绝地分析起插画的重要性。她还说到画插画这份工作的辛苦和需要投入的精力，她说要拿出最好的作品，就需要一个不被打扰的工作环境。

玛丽没有很认真在听，一个很大胆的想法在她脑中慢慢成形：她开始期待一份独居生活，一份自由自在的生活。想着想着，她突然有种类似兴奋的心情，和受到爱之祝福时的心情一样。